KB045951

폭식의
Berserk of Gluttony

베르세르크 IV

나만 레벨이라는 개념을 돌파한다

잇시키 이치카 지음
fame 일러스트
천선필 옮김

"지금까지 고마웠어. 페이트와 함께 지내면서
오랜만에……, 정말 오랜만에 즐거웠어."

"가지……마!
마인! 가지 마!"

붉은 용액 거품이 피어오르는 와중에
나아간 곳에서 본 것은
예상했던 것과 완전히 똑같아서 슬퍼졌다.

라팔이 메밀의 목덜미에서 흐르는 피를
빨고 있었다.

"오라버니……어째서죠
어째서 이런 짓을

하지만 그 녀석
아무런 대답
하지 않았다

폭식의

Berserk of Gluttony

베르세르크

나만 레벨이라는 개념을 돌파한다

IV

잇시키 이치카 지음

fame 일러스트

천선필 옮김

Contents

폭식의 베르세르크
~나만 레벨이라는 개념을 돌파한다~
IV
7

Berserk of Gluttony
IV
Story by Ichika Isshiki
Illustration by fame

제1화 제4위계

가리아에서 천룡과 싸운 뒤 2개월 정도 시간이 지났다.

계절은 매우 추운 한겨울. 봄이 오려면 아직 한참 남았다.

내가 지금 있는 곳도 눈이 많이 쌓여 있어 도저히 마차를 타고 갈 수 있는 길이 아니다.

아마…… 이 길 양쪽에 포도밭이 펼쳐져 있었을 텐데, 보아하니 눈으로 덮여 있는 것 같다.

새하얀 평원으로 변한 세계를 계속 나아간다.

이곳에는 한 번 온 적이 있다. 록시 님을 모시던 무렵이었으니 꽤 예전 일이다. 그녀와 함께 포도를 수확했던 곳도 어디인지 알아볼 수가 없을 정도로 하트 가문의 영지에 매서운 겨울이 찾아와 있었다.

군데군데 있는 집들을 지나 커다란 저택 앞에 도착했다.

정겨운 곳이다. 설마 다시 여기에 올 수 있게 될줄은 생각해보지도 못했다.

심호흡을 한 번 하고 왼손으로 커다란 문을 노크했다.

대답이 없다……. 기분 나쁜 예감이 들어서 잠겨 있지 않은 문을 열자 하인들이 매우 분주하게 뛰어다니고 있었다. 평소에는 그런 행동을 하지 않는 사람들이었기에 보통 일이 아니라는 것을 알 수 있었다.

그런데 멋대로 저택에 들어온 침입자인 내게 근처에 있던 메이드분이 말을 걸었다.

그리고 내 얼굴을 보자마자 깜짝 놀라며 말했다.

"어떻게 된 거야? 당신, 페이트 맞지? 저번에 포도를 수확할 때 록시 님하고 함께 왕도에서 왔던 페이트 그래파이트지?"

내가 혼자 이곳을 찾아오자 메이드인 마야 씨는 왠지 겁을 먹은 것 같았다. 우선 그 불안한 생각을 떨쳐낼 필요가 있다. 이야기는 그런 다음에야 할 수 있을 것이다.

"록시 하트 님께서는 무사하세요. 가리아에서 임무를 마치고 곧 돌아오실 겁니다."

그 말을 듣고 마야 씨는 안심하자마자 그럼 당신은 여기 왜 왔냐는 표정을 지었다.

당연한 반응이다. 그래서 나는 외투 안에서 어떤 문장을 꺼내 보여주었다.

"이건……, 어떻게 된 거야?"

"보셨으니 아시겠죠. 죄송하지만 아이샤 하트 님을 만나 뵙고 싶은데 괜찮을까요?"

"그게……."

내가 문장을 보여주자 마야 씨의 안색이 확 바뀌었다. 그렇게 깜짝 놀란 표정을 지으며 말을 얼버무렸다.

이 저택의 상황과 마야 씨의 태도를 보니 금방 짐작할 수 있었다.

"몸 상태가 좋지 않으신 모양이네요."

"……그래. 어젯밤부터 몸이 안 좋아지셨고, 의사 선생님께서도 오래 가지 못할 거라는데……."

"그런가요……."

"지금은 록시 님께 알리려고 말을 준비하고 있어. 하지만……."

바깥에는 눈이 꽤 많이 오고 있다. 이런 날씨에 말을 타고 달리는 건 무모한 짓일 것이다.

의기소침한 마야 씨가 기운을 낼 수 있게끔 말을 꺼냈다.

"괜찮아요. 그 때문에 여기에 왔으니까요. 아이샤 님하고 약속했거든요."

"약속?"

"네, 소중한 약속이죠."

그 이후로 시간이 많이 지나버리긴 했지만, 겨우 여기로 돌아올 수 있었다.

내 단호한 태도와 문장을 보고 주눅이 든 마야 씨는 나를 아이샤 님의 침실로 안내해주었다.

중간에 오가던 하인들이 멈춰서서 나를 바라보았지만, 지금은 설명할 시간이 없을 것 같다.

마야 씨와 함께 침실 안으로 들어가자 천장이 달린 침대 위에 아이샤 님이 축 늘어져 있었다. 멀리서 봐도 위독한 상황이라는 것을 알 수 있었다.

주위에는 하인들과 의사로 보이는 영감님이 있었다.

모두가 갑작스럽게 나타난 침입자를 보고 깜짝 놀란 표정을 짓고 있었다. 아무래도 자기소개를 해야할 것 같다.

"갑자기 와서 죄송합니다만 시간이 없습니다. 저는 페이트 바르바토스입니다. 검성 아론 바르바토스에게서 가문을 물려받아 바르바토스 가문의 당주가 된 사람입니다. 바로 아이샤님을 치료하겠습니다. 잠시 물러나주시면 감사하겠습니다."

나는 바르바토스 가문의 문장을 사람들에게 보여주면서 아이샤 님이 누워있는 침대로 다가갔다.

그러자 의사로 보이는 영감님이 소리쳤다.

"치료?! 말도 안 돼. 지금까지 생각나는 방법은 모두 써봤다……. 그러니……, 이제."

풀죽은 영감님의 어깨에 손을 살며시 얹으며 안심할 수 있게끔 말했다.

"할 수 있습니다. 이 왼팔을 봐주세요."

"생채기 하나 없는 팔이 어쨌다는 건가?"

"이 팔은 지금 사용할 힘으로 고친 겁니다. 얼마 전까지는 팔 없이 살았거든요."

"말도 안 돼……. 그런 일은 있을 수가 없다. 있을 수가……."

의사는 그렇게 말하며 내가 하려는 행동을 미심쩍어했다. 역시 믿기 힘들겠지……. 사라진 팔을 고치다니, 이 세계의 상식과는 맞지 않는다. 그 사실을 매우 잘 알고 있는 의사이기에 더 믿을 수가 없다는 것도 이해가 된다.

하지만 여기서 멈춰설 수는 없다. 억지로 진행해버릴까 하고 생각했을 때 아이샤 님이 의식을 되찾았다.

그리고 힘없는 눈초리이긴 하지만 나를 확실하게 바라보았다.

"……어머, …………페이트. 이제야 와줬구나……, 기쁘네."

"네, 약속했으니까요."

"그럼…… 그때 했던 질문…… 답을 들려줄래?"

나는 그 질문에 대답하지 않고.

"그 전에 주문을 걸어도 될까요? 아이샤 님께서 건강해지실 수 있도록요."

"…………이제…… 나는……. 알았어……, 그게 끝나면…… 대답을 들려줘."

"네, 물론이죠."

본인의 허락을 받았기에 의사는 참견할 수 없게 된 모양이었다.

그럼 바로 시작하자. 외투 안에서 그리드를 꺼냈다. 검고 세련된 지팡이—— 제4위계다.

이것을 다루기 위해 피를 토할 정도로 열심히 단련했다. 악귀와 악마…… 어이쿠, 실수했네. 마인과 에리스가 항상 곁에서 지도해주었다. 떠올리고 싶지도 않을 정도로 가혹했다.

그것과 비교하면 아론과 함께했던 단련이 그나마 나을 정도다.

"그리드, 준비 됐어?"

『그래, 언제든 상관없다. 이미 알고 있겠지만 항상 그랬듯이 네 모든 스테이터스의 40퍼센트를 받아가마.』

"싸게 먹히는 거지."

『하하하, 그러냐? 그럼 가져가마, 네 40퍼센트를!』

힘이 빠지는 느낌이 드는 것과 동시에 그리드가 성장하기 시작했다. 그렇게 아름다웠던 지팡이가 무시무시하게 변했다.

지켜보던 하인들이 겁을 먹고 주저앉을 정도였다. 마야 씨는 비명을 지르며 머리를 감싸쥐고 몸을 웅크리고 있었다.

제4위계 오의, 《트와일라잇 힐링》을 발동시켰다.

이 세계에는 회복 마법이 존재하지 않는다. 그 이치를 어기는 외법.

발동하기 위해서는 모든 스테이터스의 40퍼센트를 잃는 것, 그리고 스테이터스가 E의 영역에 도달해야 한다. 또한 이 오의는 죽은 사람을 되살릴 수는 없지만, 살아만 있다면 어떤 상처나 병이라도 낫게 할 수 있다. 그리고 대상의 육체적인 손상이 클 경우에는 제물로 바치는 스테이터스도 늘어나게 된다.

하지만 이것에는 엄청난 가능성이 있는 것 같다. 이렇게 소중한 사람의 목숨을 구할 수 있으니까.

아이샤 님을 중심으로 붉은 마법진이 전개되고 하얀 불꽃이 타올랐다. 치료가 시작된 것이다.

치유의 불꽃으로 인해 점점 그녀의 안색이 좋아지기 시작했다.

처음에는 겁을 먹고 있던 하인들도 아이샤 님을 보고 왠지 안심했다는 듯한 표정을 짓고 있었다.

발동이 끝날 때쯤에는 아이샤 님이 완전히 건강해진 상태가 되었다. 그녀는 자신의 몸 이곳저곳을 만지면서 무슨 일이 일어난 건지 확인하고 있는 것 같았다.

그리고 나를 보며 방긋 웃어주었다.

"노력도 하고 볼 일이네. 이렇게 신기한 일을 겪을 수도 있으니까."

"그렇죠, 아이샤 님."

우리는 둘이서 마주 보며 미소를 지었다. 그리고 아이샤 님이.

"들어볼 수 있을까? 네 대답을."

"……록시 하트에게는 당신이 필요합니다. 단 한 명뿐인 육친인 당신이 그녀의 앞날을 지켜봐야 한다고 생각해요. 그래서 여기에 왔습니다. 저는 그때의 페이트 그래파이트가 아니라 지금은 바르바토스 가문 당주, 페이트 바르바토스니까요."

아이샤 님은 뭔가 다른 생각이 있다는 듯한 표정을 지었지만, 아무런 말도 하지 않았다.

작별 인사를 마치고 침실에서 나가려 하자 목소리가 들렸다.

"이 일을 그애도 알고 있니?"

"아뇨."

"그래……."

침실 문을 닫을 때 '분명히 록시가 깜짝 놀라겠지? 왕도로 상황을 살펴보러 가야겠어!'라는 목소리가 들렸다.

아이샤 님을 너무 건강하게 만들어버린 건가……? 약간 불안함을 느끼면서 저택을 떠났다.

눈이 쌓여 있는 길을 되돌아가 언덕에 있는 큰 나무에서 기다리던 사람들과 합류했다. 머리카락은 눈과 같은 색, 순백색이다. 어린 몸에 어울리지 않을 정도로 커다란 도끼를 가지고 있다.

그녀는 무표정한 얼굴로 나를 바라보며 말했다.

"볼일은 끝났어?"

"그래, 서둘러 오길 잘했어. 조금만 늦었으면 돌이킬 수가 없었을 거야."

"그래, 잘됐네. 그럼 가자."

우리는 왕도를 향해 눈이 쌓인 길을 나아갔다. 지금쯤 그곳에 에리스가 먼저 도착했을 것이다.

너무 오래 기다리게 하면 나중에 무슨 짓을 당하게 될지 모른다. 그리고 자주 가던 가게 주인을 만나서 그때 말했던 좋은 와인을 주문하고 싶으니까.

제2화 회상의 눈길

　우리가 왕도 세이퍼트로 향해 가던 도중에 거센 눈보라가 휘몰아치기 시작했다. 시간도 늦었기에 휴식할 겸, 얼어붙을 것 같은 추위를 피하기 위해 우연히 발견한 동굴로 들어갔다.

　그곳에는 사람이 다섯 명 정도 들어갈 수 있을 정도로 넓었다. 안쪽에 짐승이나 마수가 살고 있을지 몰라 경계했지만, 마인이 그런 기척은 느껴지지 않는다고 딱 잘라 말했다.

　그래도 혹시 모르기에 나는 흑검을 들고 안쪽으로 들어갔고, 그곳에서 좋은 것을 발견했다.

　사람이 쓴 것으로 보이는 모닥불 흔적이었다. 옆에는 장작도 남아있었다.

　누군가가 여기를 거점으로 삼아 짐승 사냥을 한 건가? 고맙게 쓰도록 해야겠다.

　"마인……, 자. 여기서 모닥불을 피우고 몸을 녹이자."

　"알았어. 조금 추웠으니까."

　나는 재빠르게 놓여 있던 장작을 잘 타게끔 배치했다. 잘 마른 장작이다. 아마 잘 탈 것이다.

　바깥에는 눈이 쌓여서 축축한 나뭇가지밖에 없을 것 같고.

　불은 화염탄 마법으로 붙이기로 했다. 불을 피우자 어두웠던 동굴 안이 완전히 변했고 타닥타닥 타오르는 모닥불 소리가 들리기 시작했다. 불꽃은 일렁거리며 타올라 우리를 부드럽게 비

추었다.

"휴우~, 따뜻해졌네."

"응, 잘 했어. 겨울에는 모닥불이 제일이지."

숨을 돌린 우리는 무기를 각각 동굴 벽에 기댔다.

바닥이 바위라 차가웠기에 가방에서 휴대용 모포를 하나 깔고 그 위에 앉았다. 그러자 마인이 홀린 듯이 다가와 내게 몸을 기대며 앉았다.

"잠깐, 마인. 너무 달라붙었잖아."

"이렇게 하는 게 더 따뜻해. 따스해서 좋아."

"마인은 혹시 추위를 많이 타?"

"음, 나는 그렇게 허약하지 않아."

그렇게 말하면서 내게 몸을 더 기대는 걸 보니 정말 솔직하지 못한 것 같아서 훈훈해졌다.

나도 이러는 게 더 따뜻하니 마인에게 따질 이유는 없다.

잠시 모닥불을 멍하게 바라보고 있었다. 그리고 만족스러워 보이는 마인을 보았다.

"왜? 뭔데?"

곧바로 내 시선을 눈치채다니, 역시 강자답다.

"아니, 마인에게 신세만 지는 것 같아서. 천룡하고 싸운 뒤에도 말이야. 이것저것 일들이 있었고."

"페이트는 아직 약하니까. 내가 함께 있지 않으면 금방 죽어버릴 것 같아."

"그야……마인하고 비교하면 나는 아직 멀었지만 말이야. 그래도 노력하고 있다고."

그러자 그녀는 신기하게도 나를 인정해준다는 듯이 고개를 끄덕였다.

"응, 페이트는 노력하고 있는 것 같아……, 같아."

오오오오, 칭찬받았는데. 그렇게 기뻐하고 있자니 마인이 고개를 꾸벅이다 잠들어버렸다.

항상 그녀는 나를 베개처럼 써먹고 있는 것 같기도 하지만…… 이렇게 행복하게 자고 있으니 그냥 내버려두자.

나는 다시 모닥불을 바라보며 가리아에서 록시 님 곁을 떠난 뒤에 있었던 일들을 떠올렸다.

싸우다 왼팔을 잃은 나는 우선 그것을 되찾기 위해 마인과 에리스에게 특훈을 받게 되었다. 한쪽 팔이 없는 상황인데 어째서 그렇게 되어버린 거지?

그것은 천룡을 쓰러뜨린 스테이터스를 그리드에게 바침으로써 해방시킨 제4위계. 그 마장을 다룰 수 있게 되기 위해서였다. 물론 오의인 트와일라잇 힐링 말이다.

제4위계의 오의에 대해서 마인과 에리스도 잘 알고 있었고, 내가 잃은 팔도 고칠 수 있다고 했다.

치료하는 게 아니라 없어진 것을 복원하는 것이니 '아니아니, 말도 안 되잖아'라고 따지자 마인에게 물리적으로 혼나버렸다.

엉덩이를 문지르면서 그리드에게 확인해보자 잘난 척하며 말했다.

『거짓말이 아니다. 하지만 제4위계의 오의이니 쉽사리 쓸 수 있을 거라 생각하진 마라. 천룡과 싸우면서 위험한 상황에서 이끌어냈던 제3위계의 오의와는 전혀 달라. 최소한 모든 스테이터스의 40퍼센트는 필요하니까. 적어도 지금보다 제1위계 오의 숙련도 정도는 올려야만 하지. 그리고 E의 영역에도 익숙해져야 한다. 이 오의는 E의 영역이 필수니까!』

"열심히 하자."

"그럼 가자."

"어디로? 어디로 가는데? 잠깐만!"

아무런 말도 듣지 않고 나를 들쳐멘 채 가리아 안쪽으로 끌고 가버렸다.

그곳은 가리아의 최남단——— 오크의 콜로니. 중간에 제4위계를 해방시키며 잃었던 스테이터스를 얻기 위해 끝없는 마물 사냥을 한 뒤였기에 또 싸우는 거냐면서 매우 싫증을 내고 있자니———.

"여기라면 마음껏 먹을 수 있지! 먹을 것 때문에 곤란하진 않아. 지금 너라면 E의 영역에 들어서서 폭식 스킬의 내구도도 올라갔을 테고. 우선 먹어서 스테이터스를 올린 다음에 제1위계의 오의, 블러디 터미건을 마음껏 날리자. 괜찮아, 안심해. 지치면 내가 치유해줄 테니까!"

에리스가 그렇게 말하고 손으로 키스를 날렸다.

"필요 없어! 그런 건 됐고, 블러디 터미건을 마구 날린다니, 정말?!"

이 상태로 그 탈력감을 연달아 겪어야 한다니, 생각만 해도 무시무시하다. 당황한 내게 에리스가 아무렇지도 않게 말했다.

"거짓말할 리가 없잖아. 저기, 마인도 뭐라고 말좀 해줘."

"자, 저걸 향해서 쏴! 어서!"

손가락으로 가리킨 것은 다가오는 오크의 군세── 2000마리는 여유롭게 넘었다.

갑자기 콜로니로 인간이 쳐들어왔기에 엄청나게 화가 난 상태로 소굴에서 우글우글 나오고 있는 것 같다. 숫자는 계속 늘어나고 있었다.

이렇게 된 이상 될 대로 돼라! 왼팔이 없어서 오른팔로 흑궁을 들긴 했는데…… 활시위는 어떻게 당겨야 하지?

"그리드, 큰일이야."

『정말…… 손이 없으면 마력을 사용해서 활시위를 움직여 봐라. 그 정도라면 너도 할 수 있을 거다.』

"그래."

흑궁에 마력을 흘려넣고 그 마력을 활시위에 집중시켰다. 그리고 활시위를 당기는 듯이 집중하자 멋대로 움직이기 시작했다.

"겨우 됐네."

『그럭저럭이군. 자, 어서 쏘지 않으면 이 근처가 오크로 가득찰 거다.』

익숙하지 않은 쪽 손으로 흑궁을 들고, 마찬가지로 익숙하지 않은 방법으로 활시위를 당기게 되다니……. 그리고 바로 제1위계 오의로 돌입한다.

모든 스테이터스의 10퍼센트를 흑궁에 쏟아붓자 몸의 힘이 빠져나가는 듯한 감각과 함께 그것이 무시무시하게 변하기 시작했다.

한층 더 커진 흑궁의 마력 화살을 오크들에게 날렸다. 하지만 그리드는 중요한 말을 해주지 않았다.

『깜빡했는데, 이번에는 내가 마력 화살을 컨트롤해서 맞게끔 하지 않을 거니까. 페이트, 네가 어떻게든 해라.』

"그걸 지금 말해?!"

날린 뒤에는 항상 그랬듯이 그리드가 어떻게든 보정해줄 거라고 생각했기에 《블러디 터미건》은 오크들을 스치기만 했다.

『허접하긴!』

"말도 안 돼……."

내 공격을 지켜보던 마인과 에리스도 한숨을 쉬었다.

"어머, 페이트는 항상 그리드에게 떠맡기기만 하는구나."

"슬슬 자신의 힘으로 싸우는 것도 알아야 해. 나처럼."

마인은 그렇게 말하면서 흑부 슬로스를 부드럽게 쓰다듬고 있었다. 그녀의 경우에는 슬로스가 항상 잠들어 있어서 자신의 힘으로 싸울 수밖에 없는 것 같기도 하지만, 지금은 그런 걸 따질 때가 아니다.

『페이트, 다음에는 맞춰라.』

"나도 안다고."

지금까지 싸움으로 강하게 느꼈는데…… 활을 사용하는 건, 검과는 비교가 되지 않을 정도로 어려웠다.

그리드가 보정해줬기에 마음대로 다룰 수 있었을 뿐이지. 다가오는 오크들을 보니 새삼 느끼게 되었다.

"이렇게 된 이상, 해주겠어!"

『맞을 때까지 쏴라! 하지만 스테이터스에는 한도가 있다는 걸 잊지 말고.』

그때부터 내 지옥 같은 나날이 시작되었다.

　낮에는 오크들을 향해 《블러디 터미건》을 마구 쏴대며 숙련도를 올린다. 그리고 오크들의 진격이 멈추면 이번에는 에리스와 마인이 교대로 나와 대련해주었다. 그게 끝날 무렵이면 너덜너덜한 걸레 같은 상태가 되었다.

　쉴 시간 따윈 전혀 없다. 비틀거리며 돌아와 자려고 하면 에리스가 매료를 걸면서 나를 유혹하기 시작했다. 정신 단련이라고 하던데, 진짜 속마음은 어떤지 모르겠다. 이런 말도 했었고.

　"밑져야 본전? 그런 느낌이지."

　"에리스가 그런 말을 하면 진심인지 아닌지 모르겠거든."

　"뭐어어어? 기분 상했어."

　입을 삐죽거리며 따지고 들었기에 힘들었다. 그래도 에리스는 잘 돌봐주는 성격이라 한 달에 걸친 단련 기간 동안 물자가 떨어지면 일부러 방어도시 바빌론까지 사러 가주곤 했다. 그럴 때 불평을 한 마디도 하지 않았다.

　뭐, 바빌론까지 몇 시간만에 오갈 수 있으니 그것만으로도 꽤 대단한 실력자라는 걸 알 수 있었다. 나와 대련할 때는 힘을 조절해주고 있는 건지도 모르겠다.

　"오늘 불침번은 마인이니까 같이 자자!"

　"또 매료를 걸 생각이지?"

　"정답! 물론이지. 미리 말해두지만 이건 대죄 스킬 때문에 발생하는 거야. 다시 말해 폭식의 기아보다는 떨어지지만 내가 온 힘을 다해 거는 매료를 버텨낼 수 있게 되면 적어도 록시를 두고 네가 두려워하는 것…… 록시를 먹고 싶다는 충동을 억누를 수 있게 될 거야."

"정말?! 그럼 매료를 팍팍 걸어줘!"

"아하하하, 네 그런 구석은 좋아. 그럼 사양하지 않을게!"

그리고 나는 어지러워져서 코피를 흘려버렸다. 온 힘을 다해 거는 매료는 정말 무시무시하구나.

"좋아, 이제 얼마 안 남았어. 떨어져 버려, 떨어져 버려!"

"질까 보냐……, 크으윽."

나는《블러디 터미건》을 사용해서 스테이터스를 잔뜩 잃은 상태에서 매료로 인해 피까지 잔뜩 잃었다.

그리고 한 달이 지나 오크 콜로니가 항복한다는 뜻으로 백기를 들 정도로 조용해졌을 무렵에는《블러디 터미건》을 그리드의 지원 없이 자유자재로 다룰 수 있게 되었다. 물론 에리스의 매료도 버텨낼 수 있게 되었다.

나는 겨우 제4위계의 오의로 잃은 왼팔을 고칠 수 있는 경지에 도달한 것이다.

"축하해, 페이트. 이제 너덜너덜한 걸레 페이트라고 부를 순 없겠네."

"응, 잘 됐어. 너덜너덜한 걸레 페이트."

『해냈구나. 너덜너덜한 걸레 페이트.』

"그 별명으로 부르지 마! 그리고 잠깐만! 아직 팔을 되찾지도 않았는데 너무 성급한 거 아니야?!"

아직 흑검을 흑장으로 변형시키지도 않았다. 이 사람들은…… 오랜 세월을 살아와서 감각이 이상해진 것 아닐까.

우선 왼팔이 먼저다. 제4위계의 오의,《트와일라잇 힐링》을 시험해봐야겠다. 스테이터스는 오크를 엄청나게 쓰러뜨렸기에 E의 영역에 도달해 있었다.

나는 흑검을 흑장으로 변형시켰다.

"자, 가져가라. 내 40퍼센트를!"

『그럼 가져가마. 잘 다뤄봐라! 페이트!』

까맣고 세련된 흑장이 내 스테이터스를 제물로 삼아 무시무시하게 성장하기 시작했다. 좀 전과는 전혀 다르게 묵직하게 느껴질 정도로 커진 마장을 찬찬히 살펴보았다. 이것이 회복의 힘을 지니고 있는 건가?

정말 그리드하고 다른 사람들이 말했던 것처럼 될까? 시험해 보면 금방 알 수 있게 될 거다.

"간다! 트와일라잇 힐링!!"

내 발치에 붉은 마법진이 전개되기 시작했다. 그리고 곧바로 왼쪽 어깻죽지에 하얀 불꽃이 나타났다.

그 재생의 불꽃은 천천히 내려가기 시작했다. 그런 다음에는 위팔, 팔꿈치, 아래팔…… 마지막으로 손이 복원되었다.

원래대로 돌아온 왼손으로 주먹을 쥐면서 감촉을 확인해보았다. 틀림없다. 위화감 없이 나왔다.

『어떠냐? 페이트.』

"그래. 왼팔이 있으니 정말 좋은데. 고마워."

『이제 제대로 흑궁의 활시위를 당길 수 있겠군.』

그리고 지금까지 함께해준 그녀들에게도 고개를 숙였다.

"마인, 에리스. 감사합니다! 이렇게 완전 부활했어요."

"그래, 그래. 이제 일단 해결된 거지."

"이제 돌아갈 수 있어."

"그래."

한 달에 걸쳐 노숙하던 우리는 슬슬 부드러운 침대가 그리워졌다.

셋이서 함께 돌아가나 싶었는데 에리스와 일단 여기서 헤어지게 되었다. 꼭 해야만 하는 일이 있다고 한다.

"다시 한 달 뒤에 왕도 세이퍼트에서 만나자."

"그래, 세이퍼트에서."

둘이 남은 나와 마인은 돌아가는 길에 가리아의 수도였던 폐허를 보기 위해 잠깐 다른 길로 빠졌다. 마인이 꼭 보고 싶다고 했기 때문이다.

처음 본 수도는 사람이 먼 옛날에 사라졌는데도 제대로 형태가 남아 있었다. 구름까지 닿을 정도로 높은 건물이 늘어서 있었고, 그 사이를 로크 버드라는 괴조가 우아하게 날아다니고 있었다.

마인이 멸망한 도시를 아무 말도 없이 조용히 바라보고 있었던 것이 인상적이었다. 나는 그저 그녀가 이쪽을 바라볼 때까지 기다리기만 했다.

만족한 마인과 함께 북쪽으로 이동하자 방어도시 바빌론이 보였지만 그대로 계속 나아갔다. 지금 저곳에 들르면 분명히 록시 님과 만나버리게 될 거라는 느낌이 들었기 때문이다.

그리고 내 목적지는 이미 정해져 있었다. 아론 바르바토스가 기다리고 있는 재건 중인 하우젠이다.

우리는 쉬지도 않고 단숨에 하우젠까지 나아갔다. 마인도 나와 마찬가지 심정이었는지 어서 아론을 만나고 싶어하는 것 같았다.

그렇지 않았다면 중간에 있던 도시에서 쉬자고 했을 테니까.

빠르게 도착한 하우젠은 아직 재건이 진행 중이라는 느낌이었다.

이미 마력의 기적으로 나와 마인이 오는 걸 알아차린 아론이 매우 반겨주었다는 건 굳이 말할 필요도 없다. 그는 진심으로 다시 만난 걸 기뻐한 모양인지 재건 중이라 물자도 적을 텐데 일부러 귀환 파티를 열어주기까지 했다.

그리고 상상도 하지 못한 이야기를 들었다. 놀랍게도 나를 양자로 들이고 싶다는 것이었다. 그것도 당주로.

처음에는 거절했지만 '늙은이가 죽기 전에 하는 마지막 부탁이다'라고 하니 거절하기도 힘들었다. 그리고 바르바토스 가문의 당주로서 마음대로 살라고도 했다.

하우젠을 관마물인 [죽음의 선구자] 리치 로드로부터 해방시키기 위해 함께 싸워준 것을 매우 높게 평가해주고 있는 것 같았다.

나는 받아들이기 전에 한 가지 조건을 내세웠다. 왕도에 있는 성기사들(하트 가문 제외)과 대립할지도 모르기 때문이다. 나는 그들의 방식을 전혀 받아들일 수가 없었다.

그러자 아론은 이렇게 말했다.

"마음대로 살라고 했을 텐데. 상관없다. 페이트 바르바토스가 그걸 원한다면."

그렇게까지 말해주니 내 대답은 정해졌다.

당주가 되었으니 재건을 위해 아론과 함께 땀을 흘리게 되었다. 가끔 마인이 졸린 듯한 표정으로 도와주기도 하면서 평화로운 시간이 흘러간 것 같다.

내 지인이 하우젠에 찾아와서 깜짝 놀라기도 하고, 아론이 새로운 힘에 눈을 뜨기도 하는 등 여러 가지 일들이 있었다.

계속 여기에 있어도 좋겠다는 생각도 들었지만 시간이 한 달 정도 지났고 에리스와 한 약속이 있다. 아론도 왕도에 볼일이 있다고 했기에, 재건은 신뢰할 수 있는 사람에게 맡기고 셋이서 떠나게 되었다.

하지만 중간에 기분 나쁜 예감이 들어서 마인과 함께 하트 가문의 영지로 온 것이다.

나는 생각을 멈추고 약해지기 시작한 모닥불에 장작을 넣었다.

조금 추워져서 그런지 새근새근 자던 마인이 몸을 뒤척이다 내 무릎 위에 누웠다.

동굴 출구 너머로 보이는 눈보라도 가라앉기 시작한 모양이었다. 날이 밝으면 바로 여기를 나서야겠다.

제3화 흑기사

왕도 세이퍼트…… 나는 드디어 돌아왔다.

하지만 이걸로 잘 된 거라 할 수 있는지는…… 아직 애매하다.

"왜 그러나? 페이트."

나와 함께 성 복도를 걸어가던 아론이 말을 걸었다.

이 나라를 다스리는 왕에게 아론에게서 바르바토스 가문을 이어받았다고 보고를 해야 한다.

그래서 지금 우리는 성으로 와서 알현의 방으로 가는 중이다.

여기로 오기 전에 성 정문을 지날 때 뭐라 말할 수 없는 기분이 들었다.

문지기는 여전히 성기사가 아니라 일용직, 가지지 못한 자들을 부려먹고 있었다. 그들의 눈은 죽은 물고기 같았다. 그리고 얼굴 같은 곳에 찢어진 상처가 나 있었다.

성기사의 악행은 여전히 계속 이어지고 있다.

내가 정문으로 다가가자 그들은 겁을 먹고 몸을 움츠렸다. 그렇다, 나도 마찬가지로 그들…… 가지지 못한 자들에게 위협적인 대상이 되어버린 것이다.

그 사실이 매우 허무하다.

나도 가지지 못한 자였기에 그 마음은 정말 잘 이해할 수 있다. 그렇다고 해서 바로 무언가를 할 수 있는 건 아니다.

나는 그 생각들을 떨쳐내며 아론에게 대답했다.

"아뇨, 아무것도 아닙니다."

"그런가……."

아론은 그렇게 말하면서 내 해골 마스크를 빤히 바라보고 있었다.

그는 내가 이 마스크를 써서 얼굴…… 정체를 숨기는 것을 마음에 들어하지 않는 모양이었다. 이제 왕을 알현하러 갈 테니 일반적인 반응이긴 할 것이다.

인식저해 기능이 달린 마스크를 쓰고 있는데다 정체도 알 수 없는 나를 정말 왕과 만나게 해도 될지, 조금 전까지 골치를 앓고 있었다. 하지만 이것은 록시 님과 제대로 마주 보고 이야기할 수 있는 내가 될 때까지 이 해골 마스크를 벗지 않겠다고 결심했기 때문이다. 그것만은 양보할 수 없다.

지금도 여전히 바라보고 있는 아론에게 말했다.

"이 마스크는 벗지 않을 거예요."

"나도 안다. 그래도 말이지……."

"그럼 먼저 가겠습니다."

"네가 먼저 가서 어쩔 거냐?! 알았다. 그 마스크는 쓰고 있어도 되니까, 기다리지 못할까!"

아론이 내 목덜미를 붙잡고 뒤로 밀어냈다. 장난은 여기까지다.

도착한 곳에는 보란 듯이 커다란 문이 있었다. 금은으로 장식되어서 매우 무겁고 화려해 보였다. 그야말로 왕이 이 너머에 있다, 그런 생각이 들 정도로 박력이 있었다.

"준비는 되었느냐?"

"네, 언제든지요."

그렇게 말하자 아론이 왠지 모르겠지만 씨익 웃었다.

"가리아에서 무슨 일이 있었는지는 모르겠다만, 말을 참 잘하게 된 것 같구나. 그럼 들어가지."

안으로 들어가자 새빨간 융단이 옥좌를 향해 깔려 있었고, 그것을 사이에 두고 서로 바라보는 듯이 성기사들이 나란히 서 있었다.

꽤 위압적이다. 다들 일부러 바르바토스 가문이 복귀한다는 소식을 듣고 이곳에 온 모양이다. 아니면 왕이 연락을 한 건지…… 뭐, 그건 내겐 상관없는 일이다.

다들 아론이 데리고 온 남자…… 다시 말해 내가 대체 어떤 사람인지 알고 싶다는 건 이해가 된다. 성기사들의 시선이 내게 고정되어 있으니 정말 잘 알 수 있었다.

정작 나는 해골 마스크를 쓰고 있기에 인식저해 기능 때문에 어디 사는 누구인지 알 수는 없을 것이다.

대놓고 웅성대는 성기사들 앞을 지나 옥좌 앞까지 간 뒤 무릎을 꿇었다. 시선 끝에 있는 옥좌는 얇은 천으로 가려져 있어 임금님이 어떻게 생겼는지, 성별조차 알 수가 없었다.

그 막 앞에는 임금님을 지키기 위해 두 기사가 창을 들고 서 있었다. 머리부터 발끝까지 전부 가려진 새하얀 갑주에서 왠지 이질적인 압박감이 느껴질 정도였다.

아론은 잠시 고개를 숙인 다음, 임금님에게 지금까지 있었던 일에 대해 사죄했다. 그리고 바르바토스 가문의 장래 이야기를 하며 나를 소개하기 시작했다.

"이자가 뒤를 이을…… 페이트 바르바토스입니다. 아직 열여섯 살, 어립니다만 그럭저럭……, 아니, 꽤 대단하죠. 가리아의 살아 있는 천재지변인 천룡을 쓰러뜨렸으니까요."

아론이 내 이름을 말한 것과 동시에 고개를 숙이고 있자니 성기사들이 있는 쪽에서 헛웃음소리가 들렸다. 아마 내가 천룡을 쓰러뜨렸다는 말에 보인 반응일 것이다.

아론이 그들의 상식 범위 안에서 쓰러뜨릴 수 없는 존재를 쓰러뜨렸다고 말해버렸기에, 성기사들은 믿을 수 없다는 듯이 헛웃음을 친 것이다.

게다가 어전인데도 불구하고 아론이 너무 오래 은거해서 눈이 흐려져버린 게 아니냐며 야유를 보내는 사람까지 있을 정도였다.

그리고 내가 인사할 틈도 없이 성기사 한 명이 옥좌로 이어지는 붉은 융단 위로 발을 내디뎠다.

응?! 저 녀석은 분명히……, 낯이 익은데. 아, 예전에 가리아로 가다가 들렀던 란체스터 영지를 다스리던 성기사다. 그때는 마인이 하늘 너머로 날려버렸는데 보아하니 살아 있었던 모양이네.

란체스터 뭐시기 씨는 임금님에게 터무니없는 소리를 했다.

"그런 거짓말을 늘어놓는 자를 왕도의 성기사로 맞이할 수는 없습니다. 부디 제게 저자의 정체를 밝히는 역할을 맡겨주십시오."

그렇게 당했는데도 아직 저렇게 기세등등한 걸 보니 대미지가 그리 크진 않았는지도 모르겠다.

막 너머에 있는 임금님은 아무런 대답도 하지 않았다. 그리고 임금님을 지키는 백기사도 꿈쩍도 하지 않았다. 그래서 란체스터는 허락을 받았다고 멋대로 생각했다.

기분 나쁜 미소를 지으며 설마 하던 행동을 보였다. 이봐이봐, 여기는 알현의 방이라고. 제멋대로 행동하는 것도 정도가 있을 텐데…….

그렇다, 차고 있던 검을 뽑아 든 것이다.

보다 못한 아론이 입을 열려 하자 내가 손을 들어 말렸다.

"뭐, 이러는 게 더 나을지도 모르죠. 저 사람들은 이렇게 해줘야 쉽게 이해할 테니까요."

그 말을 들은 란체스터는 얕보였다고 생각했는지 화를 내기 시작했다.

"뭘 모르는 모양이로군. 나는 루돌프 란체스터……, 5대 명가의 일원. 어떠냐! 알겠나!"

"그런 건 됐고 어서 시작해주시죠? 뽑아 든 그 성검이 장식 같은 게 아니라면요."

"네놈."

크게 들어 올린 성검이 내 목덜미를 향해 날아들었다.

느리다……, 너무 느리다. 왜 저렇게 참격의 궤도가 조잡한 거지? 그리고 파고드는 것도 어설프고.

나는 피하지도 않고, 막지도 않고 그 참격을 받아냈다.

란체스터는 목덜미에 닿을 때까지 여유로운 표정을 짓고 있었지만, 곧바로 완전히 달라졌다.

자신의 공격이 전혀 통하지 않았기 때문이다.

"말도 안 돼……, 이게……, 이럴 리가 없어!"

란체스터는 그 이후로도 집요하게 내게 공격을 가했다. 하지만 결과는 마찬가지였다.

E의 영역.

이 절대적인 스테이터스 차이로 인해 나와 란체스터와의 사이에는 다른 차원이라 해도 될 정도로 힘의 거리가 있다.

E의 영역의 스테이터스를 가진 자에게 상처를 입힐 수 있는 것은 같은 E의 영역에 있는 자뿐이다. 그것을 가지지 못한 란체스터는 아무리 나를 공격한다 해도 닿지 않는다.

그것은 천룡이 살아 있는 천재지변이라 불리는 이유이기도 했다.

"젠장, 이렇게 된 이상 그 정체를 밝혀내주마."

어전에서 추태를 보인 란체스터는 초조해하며 친절하게도 감정 스킬을 사용하겠다고 선언했다.

일부러 내 스테이터스를 보여줄 이유도 없었기에 란체스터의 안구 운동을 파악했다. 감정 스킬을 발동시킬 때는 눈이 특정한 움직임을 보이기 때문이다.

나는 발동에 맞춰서 마력을 발산시켰다. 이것은 아론이 직접 전수해준 감정 스킬을 무효화시키는 기술이었는데.

"끄아아아악──"

란체스터의 비명이 들렸다. 그는 두 눈을 누르며 붉은 융단 위에 엎드렸다.

내가 날린 기술은 원래 상대방의 시력을 일시적으로 빼앗는 것이었지만, E의 영역에 도달한 마력이 그것만으로는 성이 차지 않았던 모양이다.

란체스터의 두 눈이 날아가 버린 것이다.

나는 그 모습을 보면서 흑검을 뽑아 들었다. 아직 끝나지 않았다.

란체스터가 나를 시험한 것처럼 이번에는 내가 란체스터를 시험할 것이다.

제4화 변하지 않는 곳

내 살기를 느낀 란체스터는 성검을 내던지고 몸을 움츠렸다. 그렇게까지 큰소리를 쳐놓고 무슨 꼴인지.

"그러고도 5대 명가의 일원인가요?"

"잠깐! 잘 알았어, 그러니까."

"안 됩니다. 기사는 기사다운 모습으로 모범을 보여야 하니까요."

눈을 잃고 겁을 먹어 벌벌 떠는 란체스터를 보기만 해도 짜증이 난다. 가지지 못한 자들에게는 차마 못 볼 만한 짓을 해놓고 정작 자신이 그런 처지가 되니 이런 꼴이다.

계속 추태를 보고 싶지는 않았기에 나는 흑검 그리드를 란체스터에게 휘둘렀다.

"싫어……, 그만둬어어어어어어어."

란체스터의 비명과 함께 숨통을 끊으려 했던 참격——, 가지지 못한 자들을 박해하던 성기사들에게 한 선전포고는 날카로운 금속음을 울리며 막혀버렸다.

그것은 하얀 창이었다. 란체스터의 목에 아슬아슬하게 파고들어 흑검을 멋지게 막아냈다. 온 힘을 다한 것은 아니었지만 그래도 쉽사리 막아내다니, 이 백기사…… 꽤 대단한 상대다.

그리고 다른 백기사는 내 목덜미에 창을 들이대고 있었다. 그리고 그 창끝은 내 피부에 살짝 상처를 냈다.

조용히 붉은 융단에 떨어진 내 피를 바라보며 나는 흑검 그리드를 거두었다.

이 백기사들은 내게 상처를 입힐 수 있다── 다시 말해 같은 E의 영역에 있다는 것을 증명한다.

깜짝 놀라며 상황을 지켜보던 다른 성기사들이 웅성대기 시작했다.

그 내용은 5대 명가인 란체스터가 내게 손도 써보지 못하고 져버린 것. 그리고 그런 나를 백기사가 쉽사리 막아버린 것이다.

동요를 떨치기 위해 백기사 중 한 명이 창 반대쪽 끝으로 바닥을 쳤다. 그 소리를 듣고 성기사들이 단숨에 조용해졌다. 성기사들의 새파랗게 질린 얼굴을 보아하니 백기사들의 실력을 본 것은 처음인 것 같다.

그리고 란체스터는 임금님의 측근들이 자신을 구해준 것을 주위 사람들의 목소리를 듣고 알았는지 겁먹었던 표정이 완전히 변해 으스대는 표정으로 내게 말했다.

"멍청한 놈! 봐라! 폐하께선 나를 구하셨다. 어디서 굴러먹던 말뼈다귀인지도 모르는 너 같은 천한………… 흐엑?!"

란체스터는 기세등등하게 나를 매도했지만…… 생각지도 못한 사람에게 벌을 받아버렸다.

자신을 구해주었다고 생각했던 백기사들이었다. 두 사람은 란체스터의 팔을 각각 하나씩 찔러 잘라내버렸다.

그리고 란체스터가 비명을 지를 틈도 주지 않고 둘이서 심장을 찔렀다.

공중으로 들어 올려서 다른 성기사들이 그 죽음을 잘 볼 수 있게끔 한 뒤에 창을 뽑아냈다. 묵직한 소리가 난 뒤 붉은 융단이 더욱 붉게 물들기 시작했다.

지금까지 이러한 상황을 겪어본 적이 없다는 듯이 놀란 성기사들에게 백기사 중 한 명이 입을 열었다. 그것은 남자 목소리 같기도 하고 여자 목소리 같기도 한 중성적인 목소리였다.

"이제 자리가 비었습니다. 이의는 없으시겠죠."

아마 이의가 있다고 앞으로 나서게 되면 다시 피가 비처럼 쏟아져 내리게 될 것이다.

그런 생각이 들 정도로 백기사의 목소리에는 싸늘한 느낌이 담겨져 있었다.

아무도 나서지 않았다. 그러기는커녕, 새파랗게 질린 채 융단 위에 쓰러진 란체스터를 바라보고 있었다.

무언의 대답을 받아들인 백기사들은 천천히 원래 있던 위치로 돌아갔다.

그러자 그 너머에서 옥좌에 앉아 있던 임금님이 손뼉을 쳤다. 얇은 천으로 가려져 있어서 모습이 확실하게 보이지는 않지만 상황이 마음에 든 모양이었다.

그러자 백기사들이 내게 말을 걸었다.

"폐하께서도 당신을 환영하고 계십니다. 멋진 활약을 기대하겠습니다."

나는 무릎을 꿇고 고개를 숙였다. 그리고 고개를 들자 백기사가 계속 이야기했다.

"어라? 그 표정은…… 뭔가 하고 싶은 말이라도 있는 겁니까?"

"신참이 이런 말씀을 드리긴 송구스럽지만 한 가지 부탁드리고 싶은 게 있습니다."

"말해보시죠."

조용해진 알현의 방. 옆에 있던 아론과 다른 성기사들이 나를 보며 무슨 소리를 하려는 건지 놓치지 않고 들으려는 것 같았다.

지금부터 할 이야기는 아론에게도 의논하지 않았다. 분명 미리 말했다면 조심하라며 반대했을 것이다.

하지만 여기까지 오면서 봤던 왕도의 변함없는 상황…… 그것을 봐버렸으니 말할 수밖에 없었다.

"왕도에 있는 가지지 못한 자들을 저희 영지로 데려가면 안 될까요?"

그렇게 말하자마자 아론이 눈을 크게 뜨고 무슨 말을 하려다가 자상하게 웃으며 입을 다물었다. 네가 그렇게 하고 싶다면 그렇게 하라는 뜻인 것 같다. 재건 중인 하우젠에는 사람이 필요하다. 그리고 지금 하우젠에 있는 사람들은 갈 곳을 잃은 자들——다시 말해 가지지 못한 자다.

유용한 스킬을 가지고 있지 않다 해도 아무것도 하지 못하는 것은 아니다. 시간을 투자해서 기술을 자신의 힘으로 습득하면 생산 계열 스킬을 다루는 자와 비슷한 일을 해낼 수 있을 거라 생각한다. 문제는 지금 체제에서는 가지지 못한 자들이 그런 기회를 받지 못한다는 점이다.

이것이 어떤 결과를 가져올지 모르겠지만 우선은 일손이 필요하다.

그렇기에 일부러 왕도에서 인재 확보를 시작한다. 여기에는 큰 의미가 있을 것이다.

만약 이번에 가지지 못한 자들을 받아들임으로써 바르바토스 영지가 번영하게 된다면 다른 성기사들의 영지에 있는 가지지 못한 자들을 불러들일 수 있는 가능성이 있기 때문이다. 그렇게 잘만 풀리기는 힘들겠지만 시험해 볼 가치는 있다.

그렇기에 우선은 시작부터 커다란 벽을 치운다. 왕도에 있는 가지지 못한 자들은 임금님이 직접 관리하는 백성들이다. 그 백성들을 내놓으라고 하는 거나 마찬가지다. 아론이 깜짝 놀란 것도 당연할 것이다.

내가 내놓은 터무니없는 요구를 듣고 백기사들조차 놀란 것 같았다. 하지만 임금님은 아무런 말도 하지 않고 옥좌에 앉아 있었다.

말없는 시간이 잠시 흘러갔다. 나는 틀린 건가……라고 생각하면서 계속 기다렸다. 그리고 임금님이 고개를 살짝 끄덕였다. 그러니까…… 이건?!

임금님의 행동을 보고 백기사들이 입을 열었다.

"폐하께서 허가하셨습니다. 왕도에 거주하는 가지지 못한 자들을 바르바토스 영지에서 받아들이는 것을 허가하겠습니다. 재건을 위한 인재로서 유용하게 쓰도록 하세요."

"감사합니다."

내가 고개를 숙이면서 곁눈질했다. 그러자 아론도 마찬가지로 고개를 숙이면서 내게만 보이게끔 살짝 윙크했다. 처음에는 놀랐지만 아론도 그러는 게 낫겠다고 생각한 모양이었다.

긴장감 넘치는 임금님과의 알현을 마치고 긴 복도를 둘이서 걷고 있자니 아론이 내게 말을 걸었다.

"간담이 서늘하더구나. 설마 알현하자마자 폐하께 그런 소리를 하다니."

"인재 확보는 우선사항이었으니까요. 그리고……, 아뇨, 이건 제 개인적인 감정입니다."

"그렇군……."

아론은 그렇게 말한 다음 뭔가 떠올리는 것 같은 모습을 보였다.

"이보게, 페이트."

"왜 그러시죠?"

"루돌프 란체스터 말이다. 말리는 사람이 없었다면 그자를 베려 했는가?"

조금…… 슬픈 듯한 표정을 지으며 말했다.

나는 그 질문에 대답하지 않았다. 하지만 그 대신.

"그 녀석이 말했던 것처럼 저는 천한 사람이겠죠. 성기사가 되어도 그것만은 잃고 싶지 않습니다."

"페이트……."

"자, 저택으로 돌아가죠. 오랫동안 쓰지 않아서 온통 먼지투성이라 청소를 해야 하잖아요!"

"하하하, 그렇지. 그럼 서둘러 돌아가자. 그녀가 화를 내면 무서우니."

그 비까지 새는 저택. 아마 마인이 신경질을 내며 우리가 돌아오길 기다리고 있을 것이다.

그건 그렇고 좀 전에 알현의 방에는 내가 잘 아는 성기사가 없었다. 록시 님 이야기가 아니다. 그녀는 아직 가리아에서 왕도로 돌아오고 있을 것이다.

내가 말하고 싶은 건 전 고용주인 브레릭 가문이다. 차남인 하드는 내가 이 손으로 죽였다. 그런데 장남 라팔과 막내 여동생 메밀이 보이지 않았다.

하드에게 얻은 정보로는 동쪽에 있는 산악도시로 갔다고 했으니, 아직 돌아오지 않은 거 일지도 모른다. 라팔은 정말 잔머리를 잘 굴리는 남자다.

저택으로 돌아가는 도중에 그 녀석의 동향이 신경 쓰여서 견딜수가 없었다.

제5화 느긋하게 휴식

성에서 성기사구로 들어온 나와 아론은 바르바토스 가문의 저택으로 갔고…… 그 앞에 서 있었다.

언제 봐도 그렇지만 빈말로도 깔끔하다고 할 수는 없다. 크기만 놓고 보면 훌륭하지만…….

건물 벽에는 덩굴식물이 제멋대로 뻗어 있고, 예전에는 멋졌을 것 같은 정원은 정글로 변했다. 저곳에 어떤 생태계가 형성되어 있다 해도 이상하진 않을 것 같다.

하트 가문에서 견습 정원사였던 나는 그런 정원을 내버려둘 수가 없었다. 하지만 오늘은 저택 안을 청소해야 하니 저렇게 풀과 나무가 무성한 정원을 손보는 건 참을 수밖에 없다.

녹슨 저택의 문을 열려다가 곁눈질로 옆집을 힐끔 보았다. 바르바토스 가문의 저택과 비슷한 정도였지만 구석구석까지 손질되어 멋진 곳이었다.

뭐, 예전에는 나도 저곳을 손질했으니 잘 알고 있다. 그렇다…… 옆집은 놀랍게도 하트 가문의 저택이었다.

그 사실을 알았을 때는 나도 매우 동요했다. 설마 바르바토스 가문의 저택 옆집이 하트 가문…… 록시 님의 저택일 줄이야, 그 누가 상상했을까? 견습 정원사였을 때 이웃 저택을 보고 정원이 참 더럽다고 생각한 정도에 불과하다. 그때는 저택의 하인으로서 이것저것 배울 게 너무 많아서 힘들었기에 그런 것까지 알려고 하지 않았다.

젠장, 알고 있었다면 마음의 준비를 할 수 있었을 텐데!

가리아에서 록시님에게 그런 편지를 남겨두고 왔는데 어떤 표정으로 이웃 행세를 하면 되는 거냐고!

이제…… 이 해골 마스크를 벗을 수가 없겠는데. 아니…… 벗고 싶지 않다.

내가 끙끙대면서 녹슨 문을 여닫기를 반복하고 있자니 뒤에 있던 아론에게 혼나버렸다.

"들어갈 거냐, 말 거냐?"

"들어갈 거예요! 들어갈 거라고요!!"

그래도 말이지……, 나도 모르게 문을 여닫기를 반복하고 있자니 아론이 내 어깨에 손을 얹었다.

"왜 그러냐? 고민이 있는 게야? 항상 저택 앞에 오면 그러던데."

"하하하, 설마요……."

그렇게 말해보았지만 아론은 뭔가 눈치챘다는 듯한 표정을 지으며 말했다.

"그렇군, 알겠다. 페이트가 힐끔거리며 본 곳은…… 하트 가문이지. 저곳은 록시 하트라는 젊은 아가씨가 가문을 이어받았으니까."

그리고 씨익 웃었다. 어……? 설마, 들킨 건가? 아차, 너무 힐끔거렸나?!

역시 검성이다. 엄청난 통찰력. 그렇게 감탄하고 있자니.

"하우젠을 재건할 때 가리아로 가던 록시와 만났지. 여러모로 도와주더군. 그 보답으로 검술을 봐준 사이가 되었지. 꽤 재능이 있던데. 페이트도 5대 명가의 일원인 젊은 성기사가 신경 쓰이는 모양이로군. 다음에 같이 인사도 하고 대련하러 가자꾸나! 너도 싸우고 싶어서 몸이 근질근질한 게지?"

어이쿠, 내 착각이었던 모양이다. 아론은 항상 전투 정말 좋아! 이야기를 할 거면 입이 아니라 주먹으로 하자는 스타일이다.

나는 인사도 하고 배틀을 벌이자는 발상은 하지도 못했다.

그러고 보니 가리아에서 록시 님이 억지로 대련을 하게 만들었지. 그렇게 생각하니 성기사 자체가 호전적인 건지도 모르겠다. 별로 생각하고 싶지 않은 이야기다.

나는 숨을 돌리며 문을 열고 안으로 들어갔다. 저택으로 이어지는 길에는 풀이나 나무가 없었다. 왜냐하면 아론이 풀뽑기가 귀찮다고 성검기──, 아츠 《그랜드 크로스》로 뿌리까지 날려버렸기 때문이다.

내가 할 일(정원 정비)이 더 늘어난 순간이었다. 어째서 그때 아론을 말리지 못했는지 후회스럽기 짝이 없다.

전장처럼 황폐해진 길을 지나 저택의 문을 열었다.

그러자 문 안쪽에서 흑부가 날아왔다.

"위험하잖아?!"

나와 아론은 아슬아슬하게 몸을 숙여 그것을 피했다. 흑부는 지면에 떨어진 것과 동시에 그곳을 깊게 헤집었다. 으어어어어, 정원이…… 정원이…… 이럴 수가! 다들 정원을 소중하게 여기라고!

흑부의 주인이 불쾌하다는 듯한 오라를 내뿜으며 고개를 내밀었다.

"늦었어."

하얀 머리카락에 눈동자는 꺼림칙할 정도로 붉다. 저택에 얹혀 살고 있는 분노의 소녀—— 마인이다.

그녀와는 어느 정도 함께 지내왔기에 저 무표정한 표정을 봐도 분노의 수준을 왠지 알 수 있었다. 아마 분노 레벨 2 정도려나.

그리고 이유는 대충 예상이 된다. 내가 물어볼 필요도 없이 마인이 말했다.

"배고파."

응, 그랬겠지. 나와 아론이 아침부터 저택을 나섰고, 돌아왔을 때는 점심시간이 한참 지났다. 마인은 그동안 계속 배가 고픈 상태로 기다린 것이다.

"이럴 줄 알았다면 따라갈 걸 그랬어. 성에서 식량을 조달할 수 있었을 텐데."

조달?! 제멋대로 성을 돌아다니면서 식량을 강탈한다는 말을 잘못한 거겠지. 그리고 방해하는 녀석은 흑부로 날려버릴 테고. 분명 그럴 거야!

다행이다, 마인을 데리고 가지 않아서 정말 다행이야. 그리고 마인은 누구에게도 고개를 숙이려 하지 않으니 알현의 방에 함께 들어가면 불경죄라면서 큰일이 벌어졌을 테고. 마인은 아론과는 다른 의미로 배틀을 벌이자는 쪽이니까.

뭐, 나도 배가 고프긴 한데, 어떻게 할까~. 보존 식량이 조금 있긴 하지만 임금님하고 알현도 마쳤으니 저택을 청소하기 전에 기분 좋게 외식을 하는 것도 괜찮을지 모르겠다.

응, 그렇게 하자. 그렇다면 쇠뿔도 단김에 빼라고 했으니.

마인과 아론에게 내 생각을 말하자 곧바로 그렇게 하기로 되었다.

하지만 마인에게는 한 가지 조건을 내세웠다. 흑부를 여기에 두고 가는 것이다. 그러면 조금은 얌전해지겠지.

기적적으로 마인이 투덜거리면서도 내 말을 들어주어서 나는 안도하면서 단골 가게에 가기로 했다.

그건 그렇고 에리스는 어디로 가버린 걸까. 이미 왕도에 도착했을 텐데. 우리가 도착하면 바르바토스 가문의 저택에서 합류하자고 했는데 연락이 전혀 없다.

같은 대죄 스킬의 기적을 그리드, 마인과 함께 찾아보았는데도 모르겠다. 마인 말에 따르면 기척을 지우고 있는 것 같다고 하니 우리에게 말할 수 없는 무언가를 하고 있는지도 모르겠다.

불안하지만 그녀는 매우 강하니 혼자서도 괜찮을 것이다.

그러니 지금은 내가 할 수 있는 일을 하면서 그녀가 올 때까지 기다리면 된다.

※

우리가 온 곳은 일류 가게와는 거리가 멀고 어디에나 있을 법한 술집이다. 점심 시간이 지났기에 손님은 별로 없었다.

나는 마인과 아론을 데리고 카운터석에 앉았다.

이곳은 내가 항상 앉던 자리다. 추모용 꽃을 장식하지 않은 걸 보니 내가 죽었다고 판정된 건 아닌 모양이다.

나를 따라 마인이 옆에 앉았고, 그 옆에 아론이 앉았다.

"페이트. 어째서 카운터석에 앉은 게냐?"

"죄송합니다. 여기가 마음이 편하거든요. 테이블이 더 나으시면 그쪽으로 가도 되는데요."

"신경 쓰여서 물어본 것뿐이다. 네게 맡기마."

아론은 그렇게 말하고 가게의 메뉴를 보기 시작했다. 마인은 처음부터 내게 다 떠넘겼다. 메뉴도 안 보고 있으니까.

그렇게 앉아 있던 우리에게 이 술집의 마스터가 다가왔다. 그런데 그는 좀 긴장하고 있었다.

아, 그렇구나…… 여기에 들어왔을 때부터 다른 손님들의 반응도 비슷했다.

이유는 간단하다. 나와 아론 때문일 것이다. 성기사가 이렇게 평범한 술집을 이용할 일이 없기 때문이다. 게다가 카운터석에 앉아 있으니 그것만으로도 마스터를 겁먹게 만들어버린 모양이었다.

그래서 나는 해골 마스크를 벗고 마스터에게 얼굴을 보여주었다. 지금은 정체를 감추기 위해 해골 마스크를 쓰고 있는 게 아니니까.

"오랜만이네요."

"오오? 페이트냐?! 어어어어? 어떻게 된 거야?!"

마스터는 가져왔던 물컵을 떨어뜨리며 나를 다그쳤다.

자세한 이야기는 할 수 없었지만 대충 바르바토스 가문의 양자가 되었다는 이야기를 했다. 그 말을 들은 마스터는 깜짝 놀라며 아론의 얼굴을 살펴보았다.

다음 순간, 그 자리에 무릎을 꿇었다.

"으아아아아아앗, 성기사님이시라는 건 알고 있었지만 설마……
아론 바르바토스 님이셨습니까."

"그렇게 딱딱하게 굴 필요없네. 지금은 그냥 손님으로 온 것이
니. 다른 자들과 똑같이 대해줘도 상관없다네."

"하지만……."

아론은 껄끄러워하는 마스터를 보고 쓴웃음을 짓고 메뉴를 보
며 주문하기 시작했다.

마스터는 안절부절하지 못하며 주문을 받았다. 괜찮으려나, 머
리에서 이상한 김이 피어오르는 것 같다. 항상 나를 놀리던 장난
꾸러기 같은 그와는 다른 사람이 된 것 같다. 그리고 조금 불쌍하
기도 하다.

여전히 긴장을 풀지 못한 마스터에게 나는 마인 몫까지 같이 주
문했다. 이 가게는 생선이 맛있으니 그걸로 결정이다.

잠시 후 요리를 가져온 마스터는 와인 한 병을 들고 왔다.

"네게 주는 축하 선물이야. 무슨 일이 있었는지는 모르겠지만
내가 주는 출세 선물이지. 약속했잖아? 다음에는 좋은 와인을 내
주겠다고."

"그랬죠."

가리아로 가기 위해 왕도를 떠날 때 마스터에게 싸구려 와인을
받았다. 그때 돌아올 수 있다면 좋은 와인을 마시자고 약속했던
것이다. 설마 기억하고 있을 줄은 몰랐다.

향이 좋은 와인이 잔 네 개에 듬뿍 담겼다. 마스터는 아직 아론
때문에 긴장하고 있는 것 같았지만, 이번에는 억지스러운 웃음이
아니라 진짜 미소로 축하해주었다.

"페이트의 귀환에, 그리고 앞으로 성기사로서 하게 될 활약에 건배!!"

""""건배!!""""

설마 식사하러 와서 이렇게 될 줄은 몰랐지만 전혀 싫지는 않았다.

싫기는커녕, 오랫동안 잊고 있었던 편안한 마음을 떠올리게 되었다. 여기는 아무것도 변하지 않았다. 그런 점이 마음을 편하게 해주었다.

제6화 새로운 출발

다음 날, 나는 바로 행동을 시작했다.

임금님에게 우리 영지에서 가지지 못한 자들을 받아들일 수 있게 허가를 받았기 때문이다.

저택은 어제 점심 식사를 마치고 아론과 둘이서 청소를 했기에 꽤 깔끔해진 것 같다. 하지만 오랫동안 방치되어 있었기에 지붕이 상해서 비가 샌다. 그건 우리끼리 고칠 수가 없으니 목수를 불러서 고쳐달라고 해야 할 것 같다.

그래서 목수를 알아보러 간 아론과는 따로 행동하게 되었다.

나머지 두 사람――, 나와 마인이 함께 다니게 되었다. 뭐, 나혼자 와도 상관은 없는데, 왠지 모르겠지만 마인이 따라왔다는 느낌이다. 그 위압적인 흑부를 저택에 두고 왔으니 터무니없는 소동을 일으키지는 않을 것이다.

그런 생각을 하고 있자니 내 옆에서 걸어가던 마인이 노려보았다.

"내가 날뛸 거라고 생각하는 거지?"

"어……?"

완전히 파악하고 있네?! 이러쿵저러쿵해도 마인과 함께 지낸시간이 꽤 길긴 하다.

태도 때문에 들켜버린 모양이다.

이렇게 된 이상 둘러대봤자 의미가 없겠지.

"응, 그렇게 생각했어."

"응?!"

"그, 같이 여행했을 때 이런저런 일이 있었잖아. 마인이 악질적인 성기사를 저 멀리 날려버리거나, 시비를 건 무인들의 뼈를 우두둑우두둑 부러뜨리기도 했고. 그런 걸 봐왔으니 말이지."

그렇게 말하자 마인이 크게 한숨을 쉬었다.

"그때는 꽤 봐준 건데."

"정말이야……? 그게 봐준 거였구나."

내가 보기에는 너무 지나친 것 같았지만 마인은 상대방을 신경 써준 모양이었다.

어떤 점에서……라고 물어보고 싶었지만, 그녀는 분노의 대죄 스킬 보유자다. 만약 분노에 몸을 맡겨버리면 피가 비처럼 쏟아져내릴지도 모른다.

그러니까 마인이 나름대로 신경 쓰고 있다고 하니 나도 이해가 될 것 같은 심정이다. 폭식 스킬을 완전히 제어하지 못하고 있는 나도 마찬가지로 감정 조절을 제대로 하지 못할 때가 있기 때문이다.

지금 폭식 스킬이 잠잠한 것은 루나가 안쪽에서 나를 지켜주고 있기 때문이고, 결코 내 힘이 아니다.

그러고 보니 가리아에서 일전을 벌인 뒤 루나가 꿈속에 자주 나타나게 되었다. 사실 그때 마인 이야기도 자주 했다. 그리고 나는 알아버렸다.

루나는 마인의………….

"저기? 페이트, 듣고 있어?"

"그래, 듣고 있어. 무슨 이야기였지?"

"으, 잘 들어!"

뛰어오른 마인이 내 귀를 잡고 자기 입가로 끌어당겼다. 찢어지는 거 아닐까하는 생각이 들 정도로 엄청나게 아팠다.

"이제 어디 갈 거야?"

"대답할 테니까, 대답할 테니까 놔줘."

풀려난 나는 우선 내 귀가 있는지 확인했다. 괜찮다, 제대로 있는 것 같다.

마인과 함께 있을 때는 생각에 잠기지 않는 게 낫겠어. 이야기를 흘려듣다간 귀가 뜯길 것 같다. 예전에 여행했을 때는 이렇게까지 하지 않았는데…….

나는 지금 걸어가고 있는 주거구 건너편을 손가락으로 가리키며 마인의 질문에 대답했다.

"여기서 조금 걸어간 곳이 슬럼가거든. 그곳에 있는 교회가 목적지야."

"흐음~, 기도하러 가는 거야? 페이트답지 않은데……"

"실례잖아, 나도 기도 정도는──."

그렇게 말하려다 고향을 떠나 왕도에 온 뒤로는 신을 제대로 섬기지 않았다는 사실을 눈치챘다. 아버지가 살아 있었을 때는 항상 기도하는 게 일과였는데…….

지금 생각해보니 그렇게까지 신앙심이 투철했던 아버지가 어이없게 병으로 죽어버렸다는 게 컸던 것 같다. 그때, 나는 마음속 어딘가에서 신앙을 잃어버린 것이다.

"그런 건 됐고, 교회에는 슬럼에 사는 사람들이 많이 드나드니까 그곳을 통해서 바르바토스 영지로 이민할 사람들을 모을 생각이야. 내가 직접 이야기하면 억지로 시키게 되는 거니까. 그렇다면 신앙심이 투철한 교회를 통해서 모집하는 게 낫지."

"페이트 주제에 착실하네."

마인은 혀를 차면서 분해했다. 왠지 모르겠지만 착실하게 생각하는 것이 마음에 들지 않은 모양이다. 의지해달라는 건가?

그렇다면 시험해봐야겠다.

"그래도 마인이 같이 와줘서 다행이야. 이런 건 처음 해보는 거라 불안했거든."

과연 어떻게 될까……. 잠시 후 무표정하던 얼굴에 살짝 미소가 드리웠다.

"어쩔 수 없구나, 페이트는. 우후후후훗."

기분이 좋아졌네! 역시 의지해줬으면 했구나!! 그리고 웃음소리가 조금 무서운데요!!

그리고 그녀는 쓸데 없는 소리를 했다.

"알았어. 교회가 말을 듣지 않으면 파괴할게."

방금 한 말은 취소! 의지해선 안 되는 사람이었다. 한순간이나마 의지하려 했던 내가 바보였다.

말을 듣지 않으면 박살 내버리자는 발상이다. 응, 내가 잘 알고 있는 마인이다.

"그래도 내가 어떻게든 해볼게. 잘 생각해보니 일부러 마인의 힘을 빌릴 정도까진 아니었던 것 같아."

"그래……."

척 보기에도 아쉬운 모양이었다. 부추겼다가 실망시킨 것 같아서 뭔가 좋은 방법이 없는지 생각해보았다.

"교섭할 때 뒤에서 노려보는 걸 어떨까? 말없이 위압하는 것처럼."

"그렇구나. 그건 괜찮을 것 같아."

그 정도라면 물리적인 피해가 생기지 않을 것이다.

그리고 교회를 향해 걸어가다 보니 문득 낯익은 곳에서 멈춰섰다.

이곳은…… 정겹다.

그렇게 생각하고 있자니 내 뒤에서 걸어온 마인이 등에 부딪혔고.

"왜 그래? 응? ……저 당장에라도 무너질 것 같은 집에 뭔가있어?"

고개를 갸웃거리며 내게 물었다.

그녀가 말했던 것처럼 저 집은 너덜너덜하다. 하지만 내게는 5년이라는 세월을 지낸 곳이기도 하다. 보아하니 사람이 살지는 않는 것 같다. 브레릭 가문이 두려워서 도망치는 듯이 하트 가문의 하인이 되었기에 저 집은 지금도 그때 그대로일지도 모르겠다.

"잠깐만 기다려줘."

마인의 대답을 듣지도 않고 발을 내디뎌보니 그 이후로는 자연스럽게 움직이기 시작했다.

빨려들어가는 듯이 문에 손을 가져다 댔다. 역시 문이 잠긴 상태가 아니었다.

누군가가 안을 뒤진 흔적도 없다. 당연하다. 돈이 될 만한 게 전혀 없기 때문이다.

있는 것은 지푸라기로 만든 침대, 낡은 책상과 그 위에 놓여 있던 것 같은 촛불의 잔해 정도밖에 없다. 내가 나온 뒤로 시간이 멈춘 것 같았다.

그리고 내가 돌아왔다고 해서 다시 시간이 움직이기 시작한 것도 아니다. 이곳은 그런 곳이 되어버렸다.

아무런 감상도 없이 바라보고 있자니 내 뒤에서 마인이 말을 걸었다.

"페이트, 가자."

"그래, 그러자."

문 건너편, 바깥에 있는 마인에게 가려하자 지금까지 말없이 있던 그리드가 《독심》 스킬을 통해 말했다.

『여기로 돌아오고 싶은 거냐?』

"설마, 죽어도 싫어. 모처럼 지금부터 시작할 건데."

『그렇게 나오셔야지. 그럼 어서 마인이 있는 곳으로 가라. 안 그러면 화를 내면서 집까지 통째로 부숴버릴 거다.』

"응, 가자."

추억도 여기서 끝이다. 낡은 집을 나선 나는 마인과 함께 슬럼가 구석에 있는 교회를 향해 다시 걸어가기 시작했다.

나는 마인과 함께 고개를 갸웃거리고 있었다.

왜냐하면 사람들이 교회 앞에 길게 늘어서 있었기 때문이다. 기도하러 온 사람인가 싶었지만 슬럼가에 신앙심이 투철한 사람이 별로 없다는 사실은 내가 가장 잘 알고 있다.

왜냐하면 이곳에 있는 사람들은 스킬이라는 절대적인 은혜를 받지 못했기 때문이다. 그렇기에 이렇게 밑바닥 생활을 할 수밖에 없다. 신에게 버림받은 자── 가지지 못한 자에게는 신앙 자체가 가혹하다.

어떤 자는 신이 당신들을 시험하고 있다며 그럴싸한 말을 늘어놓지만…… 정작 본인은 고도의 스킬을 지닌 높은 사람일 경우가 많다. 뭐, 가지지 못한 자를 형편좋게 속이기 위한 방편일 것이다.

나는 어렸을 때 신앙심이 투철했던 아버지를 잃은 뒤 신에게 기도하는 행위를 버렸다. 지금도 그 결심이 올바르다 믿고 있다. 아니, 확신한다고 할 수 있다.

그건 그렇고 정말 사람이 많은데. 사람들이 모여 있는 곳으로 들어가려 하자.

"히이익!!"

나를 본 남자 중 한 명이 겁을 먹고 비명을 질렀다. 그리고 도망치듯이 길을 양보했다.

그것을 계기로 차례차례 나를 본 사람들이 마치 괴물 때문에 겁을 먹은 듯한 표정을 지으며 길 옆으로 이동했다. 그뿐만이 아니라 엎드리는 사람까지 있었다.

마인은 그 사람들을 둘러본 뒤 내 얼굴을 보며 코웃음쳤다.

"페이트, 저 사람들에게 심한 짓이라도 했어?"

"안 했어!"

내 해골 마스크가 무서워서 그런 걸까? 아니면 성기사라서 그런가? 내가 입고 있는 옷은 다른 성기사들과는 전혀 다르다. 옷에 수놓인 가문의 문장을 보면 알아볼 수도 있겠지만 멀리 떨어져 있는 사람들까지 그걸 볼 수 있을 것 같지는 않다.

아마 완전히 감추지 못한 스테이터스…… E의 영역을 민감하게 받아들이는 건지도 모르겠다. 이 사람들은 항상 힘에 대해 겁을 먹은 채 살아가고 있으니 어쩔 수 없겠지.

그런 생각을 하고 있자니 마인이 말했다.

"아직 수행이 부족해."

"뭐라 받아칠 수가 없네."

마인이 하는 말을 들어보니 저택으로 돌아가면 수행이라는 이름의 반죽음이 기다리고 있을 것 같다. 요즘 그녀는 전혀 봐주질 않아서 곤란하다. 내가 아무리 스킬로 자동 회복과 자동 회복 부스트를 가지고 있다 해도 너무 심하다고.

덕분에 이만큼 대미지를 입으면 죽는다는 데드라인을 알아버렸을 정도다.

그녀는 나와 마찬가지로 E의 영역이라 대련할 수 있어서 좋긴 하지만 말이야. 마인이 더 강하니까 잔뜩 얻어맞고 뼈가 부러져서 회복하길 반복하니 왠지 골격이 변한 것은 느낌도 든다.

뭐, 내구도는 가리아에 있었을 때보다 훨씬 강해졌을 것이다.

마인은 주위에서 이상하게 바라보는 시선을 전혀 신경 쓰지 않고 교회 쪽으로 나아갔다. 그리고 입구 부근에 있던 조촐한 텐트에서 어떤 것을 발견했다. 그곳에 다가가기 전에 냄새를 맡고 이미 알고 있긴 했지만, 예상했던 게 맞았다.

교회에서 슬럼가 사람들에게 식사를 배급해주고 있었던 것이다.

메뉴는 단 하나, 커다란 솥에 야채를 넣고 끓인 수프다. 킁킁…… 냄새를 맡아보니 고기는 안 들어간 것 같다. 그래도 겨울이고 오늘은 한층 더 춥다.

아무리 간단한 수프라 해도 몸을 데울 수 있다면 더할 나위 없이 고맙다. 그 증거로 이렇게 많은 사람들이 줄을 서 있는 것이다.

그건 그렇고 당장에라도 무너질 것 같을 정도로 너덜너덜한 교회 어디에 이런 돈이 있었는지…… 알 수가 없었다.

마인은 그런 식사 배급 풍경을 보고 말했다.

"먹고 싶어."

"안 돼. 저건 우리를 위해 마련한 식사가 아니니까. 자, 가자."

마인의 등을 밀면서 교회 안으로 들어갔다.

오오오오옷?!

처음 들어간 교회는 바깥에서 봤던 것보다 제대로 만들어져 있었다. 특히 제단에 있는 신상은 이 건물보다 훨씬 고급스러웠다.

나는 그것을 보고 숨을 내쉰 다음 기도하고 있던 수녀에게 말을 걸었다.

그녀는 고개를 돌려 내가 입고 있던 옷에 있는 가문의 문장을 보고 깜짝 놀라며 말했다. 역시 5대 명가의 문장은 백성들에게도 널리 알려져 있는 것 같다.

"어머나……바르바토스 가문의 성기사님. 어째서 이런 곳에 오신 거죠?"

"저는 페이트 바르바토스입니다. 어떤 일에 대해 협력을 구하고자 이곳에 왔습니다."

나는 바르바토스 영지의 상황을 이야기하고 재건하는데 필요한 인원을 교회를 통해 모아달라고 말했다. 그리고 그 인원들은 가지지 못한 자들 한정이라고 확실하게 말해두었다.

수녀는 매우 당황했지만, 내가 임금님의 허가를 받았다는 것과 받아들인 사람들에게 가혹한 노동을 시키지 않겠다고 하자 안심하는 표정을 지었다.

성기사의 협력이라 해도 그녀가 보기에는 절대적인 존재에 가까운 성기사이니 거의 강제라고 받아들인다 해도 어쩔 수 없다.

"억지로 강요하진 않겠습니다. 만약 여기에서 형편이 좋지 않아 나가려 해도 갈 곳이 없는 사람이 있다면 소개해주시기 바랍니다."

"그런가요……저기, 몇 가지 여쭈어봐도 될까요?"

내가 고개를 끄덕이자 그녀는 조심스럽게 말했다.

"식사는 제대로 할 수 있나요? 중간에 경호는요?"

수녀는 그밖에도 이것저것 물어보았다. 이야기를 들어보니 내가 있을 때보다 슬럼가 상황이 악화되어 있었다. 성기사 중에서 가지지 못한 자들을 지켜주던 하트 가문이 왕도를 떠나 있었기 때문인 것 같았다. 록시 님의 아버지는 가리아에서 전사했고, 그녀까지 가리아로 가게 되었으니까.

그걸 기회삼아 다른 성기사들이 화풀이를 하기 위해 슬럼가로 와서 부당한 폭력을 휘둘렀다고 한다.

임금님께 상소했을 때 그곳에 있던 성기사들이 노골적으로 기분 나쁘다는 표정을 지었던 게 그런 이유 때문인지도 모르겠다. 장난감을 멋대로 빼앗지 말라는 느낌인가?

나는 수녀에게 자세한 이야기를 하고 싶으니 나중에 바르바토스 가문의 저택으로 와달라고 부탁했다.

선발대는 시찰도 할 겸 수녀에게 따라와달라고 하는 게 나을 것 같다. 아무리 말로 해봤자 행동과 결과로 보여주지 않으면 신뢰를 얻을 수 없다.

대충 이야기를 마친 뒤 마인이 없다는 것을 눈치챘다. 어디 있는가 하고 찾아보니 긴 의자 위에서 자고 있었다. 역시……일류의 무인이다. 어떠한 곳에서도 순식간에 휴식을 취할 수 있지……. 아니, 지금은 그러면 안 되잖아.

내 뒤에서 노려보는 거 아니었어? 여전히 마인은 마이 페이스다.

함부로 깨우면 날뛸 우려가 있으니 잠시 그냥 내버려둬야겠다.

수녀는 그런 마인의 잠든 모습을 보고 방긋 웃었다.

"귀엽게 잠들었네요."

"자고 있을 때는……그렇죠. 가끔 이대로 계속 자고 있으면 얼마나 편할까 하는 생각도 들고요."

"심한 말씀을 하시네요."

"아하하하, 농담이에요."

나는 진지한 표정으로 대답하면서 신상을 바라보았다. 수녀도 나와 마찬가지로 그쪽을 보았다.

"신경 쓰이시나요? 라플라스 신."

"네…… 그리고 보니 그런 이름이었죠. 저는 신앙을 버린 몸이니까요. 하지만 보고 있자니 정겹네요."

"그러시군요. 하지만 이 신은 이 세계의 창조주이니 성기사님이라 해도 이곳에서는 그런 발언을 삼가주시길 부탁드립니다."

얼굴이 없는 신은 조용히 자리잡고 있었다. 창조주인 라플라스 신은 이 세계의 사람들에게 스킬이라는 특별한 힘(기프트)을 나누어주었다.

하지만 그것은 평등하지 않았고 절대적인 격차가 있었다. 선택받은 자, 선택받지 못한 자……, 이 두 존재의 위치는 죽을 때까지 역전되지 않는다.

그리고 수녀 또한 말했다.

신께서는 저희에게 크나큰 시련을 주고 계십니다라고…….

그렇다면 나는 어떻게 된 거지? 이 폭식 스킬 또한 마찬가지로 신의 시련이라는 건가?

제8화 브레릭 가문의 암약

다음 날. 맑은 하늘 아래에서 저택의 정원 손질을 시작했다.

전문지식이 없는 나는 너덜너덜해진 저택의 수리를 할 수 없었기에 아론이 찾아온 목수들에게 맡겼다.

그래도 정원은 하트 가문에서 쌓은 하인의 경험을 살리고 싶다. 그것 자체가 내게 즐거운 시간이기도 했고, 일반적으로는 이상한 이야기일지도 모르겠지만 바르바토스 가문의 당주가 직접 하기로 했다.

그렇게 혼자서 묵묵히 잡초가 잔뜩 자랐고 군데군데 마인이 무참히 파괴한 정원을 예전의 우아한 모습으로 되돌릴 견적을 내고 있자니 옆집인 하트 가문의 저택 쪽에서 목소리가 들렸다.

"페이트냐?! 오랜만이로구나……."

내게 말을 걸어준 사람은 하트 가문에서 신세를 졌던 정원사 스승님 중 한 명이었다. 그는 나를 보고 방긋 웃으며 다시 만난 걸 기뻐해주었다. 그리고 내가 있는 곳, 입고 있는 옷 같은 걸 보면서 깜짝 놀란 표정을 지었다.

저택에 있었을 때는 해골 마스크를 쓰지 않았기에 조만간 이렇게 되리라는 건 알고 있었다.

"오랜만에 뵙네요."

"……이거 참 놀랍군. 이곳을 나간 뒤에 돌아왔나 싶었는데 성기사님이 되었다니. 어이쿠, 예전에 말하던 버릇이……."

"아뇨, 그렇게 말씀하셔도 돼요. 자기소개를 하겠습니다. 바르바토스 가문을 이어받은 페이트 바르바토스입니다. 앞으로 잘 부탁드려요. 예전처럼 페이트라고 불러주시고요."

"알겠다. 네가 그걸 원한다면 그렇게 하지. 그건 그렇고 아론 님께서 돌아오셨다고 하트 가문의 하인들 사이에서도 화제가 되었다. 후계자 이야기도 말이지…… 설마 페이트였을 줄이야…… 터무니없는 재주(스킬)를 숨기고 있었군."

숨기고 있었다라……뭐, 하인으로서 평온하게 살던 때는 성검기 스킬을 가지고 있지 않았으니 숨긴 건 아니지만…….

이 스킬은 브레릭 가문의 차남 하드를 죽이고 빼앗은 힘이다. 좋든 싫든 이 성검기 스킬이 내 앞길을 정해버렸기에 정말 세상에는 무슨 일이 일어날지 모르겠다.

일용직 아르바이트인 문지기를 하다가 브레릭 가문 녀석들에게 험한 꼴을 당한다 싶었더니 록시 님의 제안으로 하트 가문의 하인이 되었다……. 그리고 무인으로서 가리아를 향해 떠난 뒤 돌아와보니 성기사다. 그것도 검성 아론의 후계자로서.

쓴웃음을 짓고 있자니 정원사 스승님이 바르바토스 가문의 정원을 보며 말했다.

"그건 그렇고 정말 황폐해졌군. 혹시 페이트 네가 혼자서 하려는 거냐?"

내 주위에 놓아둔 도구를 보고 그런 생각한 모양이었다.

"네, 맞아요. 여러분께 배운 것들을 살려서 해보려고요. 그리고 이렇게 있으면 정말 마음이 놓이거든요. 원래대로 돌아갈 때까지 시간이 오래 걸릴 것 같지만요."

"음~. 그렇지. 어때, 나도 돕도록 할까?"

"네? 그래도 되나요? 하지만 하트 가문의 정원 손질은……."

그렇게 말하자 정원사 스승님이 웃어버렸다. 수십 년 동안 정원사로 일한 걸 얕보면 곤란하다고 화를 냈다. 그리고 하트 가문의 정원사는 그뿐만이 아니라고 했다.

그래서 짬이 날 때마다 도와주게 되었다.

"좋았어. 그럼 바로 도와주마."

"오오오, 감사합니다!"

정원사 스승님을 바르바토스 가문의 저택으로 초대해서 다시 상황을 살펴보기 시작했다.

그리고 스승님이 인상을 찌푸리며 하늘을 올려다보았다.

"하트 가문의 저택에서 가끔 옆집 정원을 보곤 했는데 이렇게 자세히 조사해보니 생각했던 것보다 심하군. 그리고…… 이건 뭐냐?!"

"네? 뭐가요?"

그가 손가락으로 가리킨 것은 지면이 깊게 파인 전투 흔적이었다. 아, 저건 어제 아론과 마인이 대련했을 때 난 흔적이다.

마인의 힘은 굳이 말할 필요도 없고, 아론도 [죽음의 선구자]라는 리치 로드를 쓰러뜨린 뒤 엄청나게 강해졌다. 아마 그 싸움에서 한계돌파라는 레벨 상한치 해방을 얻었기 때문일 것이다.

그런 두 사람의 싸움이 정원에 심각한 피해를 입혔던 모양이다. 가끔 나도 거기 끼어서 수행하곤 했기에 남탓을 할 수도 없다…….

"검성 정도 되면 간단한 단련만으로도 이렇게 되어버리거든요."

"하지만 이대로 가다간 이곳은 풀과 나무가 자라지 못하는 황무지가 되어버릴 거다."

나와 정원사 스승님이 고민하고 있자니 주된 원인인 두 사람이 저택에서 나왔다. 둘 다 무기를 들고 있었다. 요즘에 자주 본 광경이었기에 그들이 지금부터 뭘 하려는 건지는 뻔했다. 저 사람들은 오늘도 활기차게 싸울 셈이다. ……이 전투광들 같으니!

우리 눈앞에서 울리는 충돌음. 성검과 흑부가 거세게 맞부딪혔다.

그때마다 황폐해진 정원이 황야로 변해갔다. 그 모습을 본 정원사 스승님이 멍하게 그 싸움을 바라본 다음, 아무 말도 없이 자리를 떠나 하트 가문 저택 쪽으로 돌아가려 했다.

"잠깐만 기다려주세요! 도와주시는 거 아니었나요?"

"아무리 그래도 이건 힘들지. 고쳐봤자 저렇게 싸워대면 전부 무로 돌아가버릴 거다. 아니, 그보다 더 심할지도 모르지."

"제게 좋은 생각이 있어요. 잠시만 거기서 기다려주세요."

나는 바로 옆에 기대두었던 흑검 그리드를 들고 싸움이 벌어지고 있는 곳에 끼어들었다. 단련을 하고 있었을 텐데 어느새 진짜 싸움이 되어가고 있는 사지에 발을 내디딘 것이다.

그리드가 《독심》 스킬을 통해 말했다.

『주먹이 우는군. 페이트, 정원을 파괴하는 영감과 분노를 때려 눕혀라!』

"너, 남 일이라고……."

『그걸로 가자. 제1위계의 오의로 한 방에!』

"멍청아! 그런 짓을 할 수 있을 리가 없잖아. 그리고 그런 짓을 하면 정원은커녕 저택까지 날아가버린다고!"

『어차피 폐가나 마찬가지잖아. 깔끔하게 치워버리는 게 어때?』

여전한 그리드의 헛소리를 들으며 아론과 마인을 말리러 나섰다.

왠지 모르겠지만 중간부터 두 사람이 힘을 합쳐 싸우기 시작했기에 나 vs 아론, 마인이라는 구도로 변해서 흠씬 두들겨맞았다. 그리고 15분 정도 격렬한 전투를 벌인 끝에 두 사람이 겨우 조용해졌다.

"왜 그래? 페이트. 놀아달라는 거면 아론 다음에 나서지 그랬어."

"나는 딱히 놀고 싶어서 끼어든 게 아니야. 아니, 마인…… 방금 그 일격은 너무 진심이라 죽는 줄 알았거든?"

"그렇지 않아. 진심이었다면 더 멀리 날아갔을 거야. 시험해볼래?"

고개를 저으며 몸을 떨고 있자니 아론이 웃으며 성검을 칼집에 넣었다.

"다른 사람의 전투를 방해하다니, 못쓰겠구나. 그렇게 싸우고 싶다면 차례를 지켜야지. 나는 아침 일찍 마인과 먼저 약속을 했으니까. 그래도 이런 싸움도 재미있군. 또 부탁하마."

"아뇨, 아뇨. 그런 의도로 나선 게 아니거든요. 저는……"

아무래도 아론과 마인은 내가 혼자 따돌림당해서 싸우기 위해 일부러 끼어들었다고 생각한 것 같았기에 온 힘을 다해 부정하고, 두 사람이 정원에서 힘껏 싸우면 수리를 할 수 없다고 설명했다.

"으음, 그렇군. 알겠다. 그렇다면 단련할 때 쓸 곳을 정하면 되겠군."

"네, 그렇죠. 저기 서쪽에 있는 공간만 쓰는 건 어떨까요?"

"한정된 공간에서의 전투라…… 재미있군. 마인은 어떤가?"

"나는 그래도 상관없어. 어떤 곳에서도 싸울 수 있으니깐."

"그렇다면 결정되었군. 그럼 바로 가볼까."

"그래!"

쇠뿔도 단김에 빼라는 말처럼 아론과 마인은 지정된 곳으로 달려간 뒤 싸우기 시작했다. 피어오르는 흙먼지…… 좀 전보다 전투가 더욱 치열해진 것 같았다.

이런이런, 흑검을 칼집에 넣고 숨을 내쉰 나는 정원사 스승님 곁으로 다가갔다.

"기다리셨죠. 이제 정원에 피해가 생기는 걸 막을 수 있겠네요."

"……이럴 수가…… 정말 용감해졌군. 이제 도와줄 수 있겠어. 그건 그렇고…… 저곳은 그야말로 가리아 같은 곳이 되어버렸군 그래."

스승님은 어렸을 때부터 이야기로 들었던 싸움만이 지배하는 황무지── 가리아를 떠올리고 있었다. 그 정도로 아론과 마인의 단련이라는 이름의 전투가 강렬했기 때문이다.

나는 정원을 정비하기 시작했다. 정원사 스승님과 함께 해가 질 때까지 작업에 집중했다. 자재와 식물을 어떻게 마련할지 등등, 여러모로 의논해서 당분간은 스승님이 이용하는 공급 루트를 쓰게 되었다.

"여러모로 감사합니다."

"아니, 고맙다는 인사는 내가 해야지. 오랜만에 큼직한 일을 할 수 있었어. 평소에는 주로 정원을 유지하고 관리하는 일만 하니까. 또 도우러 오마. 다른 사람들에게도 전해두지."

"감사합니다!"

다른 정원사 스승님들까지 도와주게 된다면 식은 죽 먹기나 다름없다.

하트 가문의 저택으로 돌아가는 스승님을 배웅하며 언젠가 완성될 예정인 정원을 상상했다. 저택의 정면에는 커다란 분수. 그것을 둘러싸는 듯이 커다란 나무들이 우뚝 서 있다. 그리고 그 아래에는 풀과 꽃들이 화려하게 피어난다.

응, 멋지다. 어서 실현하고 싶은데!

그렇게 생각하고 있자니 서쪽에서 폭음이 들렸다. 그렇다. 아론과 마인은 아직 싸우고 있다. 그들의 체력은 정말 끝이 없는 것 같다.

얼굴을 내밀면 거기에 휘말릴지도 모르니 바로 저택 안으로 들어가려 했을 때 최근에 알고 지내게 된 여자가 문앞에 서 있다는 것을 눈치챘다.

슬럼에 있는 교회의 수녀다.

가지지 못한 자들을 하우젠에서 받아들이기 위해 힘을 빌리기로 그녀와 약속했었다. 그러기 위해 성기사구의 출입 허가서를 미리 건네두었다.

그녀도 준비할 필요가 있을 테니 금방 올 거라 생각하진 않았는데, 바로 와주니 기쁘다.

그런 마음으로 그녀를 마중하려고 문으로 다가갔는데 왠지 안색이 좋지 않았다. 그리고 수녀가 내게 말했다.

"부탁드립니다! 도와주세요!"

"대체 무슨 일이죠?"

엄청나게 허둥대고 있다. 곧바로 문을 열어 집 안으로 들어오게 했다.

그러자 힘이 빠진 듯이 쓰러져버렸다. 곧바로 그녀를 부축했다. 서 있을 수 없을 정도로 급하게 여기까지 온 건가?

수녀는 나를 바라보며 힘없이 입을 열었다.

"저는 터무니없는 죄를 저질렀어요. 다 잘 되라고……잘 되라고 한 일이에요. 하지만……."

조용한 목소리로 말하는 수녀의 이야기를 듣고 나는 어제 교회에서 어떻게 가난한 사람들에게 음식을 주었는지 알게 되었다.

그 식사에 들어간 돈은 브레릭 가문에서 냈다고 한다. 정기적으로 교회를 통해 가지지 못한 자들을 50명 정도 모은 뒤 어떤 곳에서 노동을 시키는 것이 조건이었던 모양이다.

"지금까지는 일하러 간 사람들이 딱히 문제없이 돌아왔어요. 그런데…… 이번에 일하러 간 사람들은 평소보다 많아서 100명 이상이었거든요. 그 사람들이 예정된 날짜가 되었는데도 돌아오지 않았어요. 그리고 운좋게 도망쳐온 사람에게 무슨 일이 있었는지 사정 이야기를 들어보니……."

그 사람 말고 다른 사람은 모두 살해당해버렸다고 한다.

100명 넘게?! 브레릭 가문은 대체 무슨 짓을 한 걸까.

수녀는 어떻게 해야 할지 몰라서 어제 생긴 인연에 의지하여 같은 5대 명가인 바르바토스 가문에 도움을 요청하러 왔다고 했다.

나는 수녀가 마음을 가라앉힐 수 있게끔 천천히 물었다.

"그들이 어디로 갔었죠?"

"그게…… 군사구에 있는 브레릭 가문이 관리하는 시설인 모양이에요."

그렇군, 군사구라……. 시찰할 겸 가볼 필요가 있을 것 같다.

제9화 왕도의 군사구

심야 0시, 달이 높게 떠오른 하늘 아래, 나는 저택을 나섰다.

시찰이라 해도 대놓고 가면 브레릭 가문 녀석들이 나를 들여보내 줄 리가 없다. 그렇다면 예전(무쿠로였을 때)처럼 어둠을 틈타서 내 마음대로 움직여주지.

군사구는 맞닿아 있는 성기사구에서 안으로 들어갈 수 있다. 하지만 오갈 때 사용하는 문에는 문지기가 있기에 다른 길을 통해 갈 필요가 있다.

구획을 나누는 높은 벽을 올려다보고 있자니 흑검 그리드가 《독심》 스킬을 통해 말을 걸었다.

『오랜만에 단독행동을 하는군. 영감하고 마인이 없는데 괜찮겠냐?』

"괜찮아. 이 정도는 나 혼자 해야지."

아론에게는 이런 일이 어울리지 않을 것 같으니 브레릭 가문이 한 짓을 임금님께 알리는 역할을 부탁했다.

왕도에 사는 사람들은 임금님의 관리를 받고 있다. 그럼에도 불구하고 많은 주민들을 사리사욕 때문에 허가도 없이 군사구로 데리고 간 것도 모자라 죽였으니 벌을 받게 될 것이다. 그래서 수녀와 함께 성으로 가달라고 했다.

내가 저택을 나설 때까지 돌아오지 않았던 걸 보니 아직 이야기를 하고 있는 건지도 모르겠다.

마인은 나를 따라오고 싶어했지만 부탁해서 집을 봐달라고 했다. 그녀는 그냥 은밀행동을 할 수 없기 때문이다. 커다란 흑부를 들고 뭐든지 정면으로 부딪치는 것이 특기인 그녀는 너무 눈에 잘 띈다.

여러 번 부탁해서 겨우 고개를 끄덕였는데, 저택 문까지 따라오면서 원망스러운 표정으로 계속 나를 바라보았다. 군사구에서 돌아올 때 마음이 풀리기를 기원할 뿐이다. 저렇게 되어버린 마인은 조금 골치가 아프다.

"자, 일단 이 벽을 뛰어넘어서 안으로 들어갈까."

『저 높이를 조용히 올라갈 수 있을지 한번 보자.』

"E의 영역의 스테이터스에도 익숙해졌다는 걸 보여주지."

지면을 부드럽게 박차며 벽을 타고 올라갔다. 그리고 끝까지 올라간 뒤 발을 살며시 내딛으며 착지했다.

"어때? 잘 해냈지?"

『60점, 아직 멀었다. 이 몸에게 약간의 진동이 전달되었으니까.』

"그 정도는 상관없잖아. 그리드는 항상 평가가 짜다니까."

『이 몸의 사용자니까 당연하지. 그건 그렇고 아래쪽을 봐라.』

이거…… 대단하네.

눈앞에 온통 예쁘게 빛나는 건물이 가지런히 늘어서 있었다. 다른 구획과 밝기가 전혀 달랐다.

지금까지는 높고 두꺼운 벽에 가려져 있어서 몰랐는데, 이 구획은 건물 자체의 양식이 전혀 다른 것 같다.

상업구, 주거구, 성기사구도 기본적으로 건물을 벽돌로 짓는다.

하지만 군사구의 건물은 그것들과는 달리 벽돌을 쓰지 않았다.

뭐라고 해야 하나, 벽에 이음매가 없다는 느낌이다. 그리고 창문도 없고, 모든 건물이 매우 높고 컸다.

그렇다면 어디가 빛나는가, 그 건물 자체가 희미한 빛을 뿜어내고 있다.

"대체 뭐야……, 저 건물."

『저건 가리아의 기술이군. 대기에서 에너지를 추출하는 특수한 플레이트다. 그것을 사용해서 건물 안에서 쓸 에너지로 공급하는 거겠지.』

"왕도 군사구에서 가리아의 기술을 쓰고 있었다니……."

먼 옛날에 멸망한 가리아. 그 기술도 사라졌을 거라 생각했는데, 설마 벽 너머에 숨쉬고 있었을 줄은 몰랐다.

『뭐, 멸망했다고 해도 모든 것이 무로 돌아간 것은 아니다. 지금도 가리아에 유적이 많이 남아있다는 건 페이트 너도 직접 봐서 알고 있겠지. 그런 곳에서 회수한 물건일 거다.』

"그렇구나, 가리아는 의외로 보물더미인지도 모르겠네."

『그렇지. 그래서 엔비는 가리아에 천룡을 두고 사람들이 오지 못하게 한 거다. 그건 마물들의 침공을 컨트롤하는 것 말고도 다른 의미가 있었던 거지.』

하지만 천룡은 내가 쓰러뜨려버렸다. 그때 전투를 벌이면서 대지에 왕도와 가리아를 갈라놓는 깊고 큰 상처를 만들어놓았으니 마물들이 간단히 침공하진 못할 것이다.

그리고 다른 쪽으로 손을 써두기도 했다. 그러니 가리아의 마물은 별로 문제가 되지 않는다.

"만약에 앞으로 가리아로 사람들이 많이 가서 이런 유물을 찾

기 시작하면 여기 같은 광경이 다른 곳으로 퍼져나갈지도 모르겠
구나."

『그건 왕도에서 원하지 않을 거다. 가리아의 기술을 독점하려
할 테니.』

"그래, 격리된 상황이니까."

그렇다고 해서 가리아로 가는 길이 열린 지금, 이런 기술을 원
하는 자들이 계속 생길 것이다. 그렇다면 가리아와 비교적 가깝
고 재건 중인 하우젠이 그 선두에 서도 괜찮을 것 같다.

미지의 기술로 가득 찬 도시가 된다고 생각하니 가슴이 두근거
렸다.

하지만 지금은 브레릭 가문을 확인하는 게 우선이다.

"여기에서는 브레릭 가문의 연구 시설이 보이지 않는데."

『수녀가 한 이야기를 들어보니 여기서 북쪽이었지.』

"그리고 척 보면 알 수 있을 거라 했어."

브레릭 가문은 성기사 중에서도 지위가 높은 5대 명가 중 하나
다. 그 연구시설에는 보란 듯이 가문의 문장이 걸려 있다고 한다.

그리고 주위의 연구시설보다 더 크다고도 했다. 도망쳐온 사람
이 수녀에게 한 말이니 아마 틀림없을 것이다.

"뭐, 가보면 알겠지."

『실수해서 들키지 마라. 조사만 해. 뭐가 있다 해도 손대지 마라.』

"갑자기 뭐야."

『가리아의 기술과 인간이 엮이면 제대로 된 꼴을 본 적이 없었
으니까.』

평소 그리드답지 않게 진지한 말을 했기에 의아해하면서 벽 아

래에 사람이 없다는 걸 확인하고 뛰어내렸다.

그리고 착지한 것과 동시에 충격을 흘리고 조용히 이동하기 시작했다.

뛰어간 길도 건물과 마찬가지로 처음 보는 재질로 만들어져 있었고, 가운데 부근이 군데군데 희미하게 빛나며 어두운 밤에도 나아가는 방향을 잘 볼 수 있었다. 주위 건물이 빛나서 암시 스킬 같은 건 필요가 없을 정도였다.

때때로 순찰을 도는 병사들을 피해 북쪽으로 계속 나아갔다. 그러자 또 처음 보는 쇳덩어리 주위에 사람들이 몰려 있었다. 그중에는 병사들말고도 백의를 입은 사람들이 열 몇 명 정도 있었다.

모두가 뜨거운 시선으로 바라보고 있던 그것은 동그란 바퀴 두 개가 나란히 달려 있었고, 그 가운데에 사람이 앉을 수 있는 공간이 있었다. 불안정해 보여서 쓰러질 것 같은데 신기하게도 스스로 균형을 잡고 있는 것처럼 지면에 서 있었다.

나는 멀리서 살펴보며 그리드에게 물었다.

『가리아에서 사용했던 탈것 중 하나, 자동이륜기구, 바이크라고 부르는 물건이다. 가리아에서 발견해서 수리한 모양이군.』

"저게 탈것이라고? 쇳덩어리인데."

『그렇게 생각할 만도 하지. 하지만 저건 말보다 수백 배는 뛰어난 탈것이다. 말처럼 지치지도 않으니까.』

저 바이크라는 탈것이 말보다 뛰어나다니, 믿을 수가 없다. 뭐, 무기물이니까 말처럼 지치진 않겠지만. 그런 부분은 그리드도 마찬가지지.

"어떻게 타는데?"

『저 앞바퀴 위쪽에 달려 있는 핸들을 조작해서 운전한다. 자세 제어 기능이 있어서 쓰러지지 않으니 처음 타는 사람도 운전할 수 있지.』

"흐음~, 그렇다면 어째서 저 사람들은 타려 하지 않는 걸까?"

그렇게 말하자 그리드는 코웃음치면서.

『그냥 바이크를 타기 위한 마력이 없어서 그런 거겠지. 저건 움직일 때마다 마력을 소비한다. 저곳에 있는 녀석들은 좌석에 앉기만 해도 승천할 거다.』

조금 더 다가가서 잘 살펴보니 바이크 아래에 남자가 세 명 정도 기절해 있었다.

다들 눈이 뒤집혔고 입에서 하얀 거품을 뿜어내고 있었다. 그리드가 말했던 승천이라는 게 이런 것이라며 보여주고 있는 것 같았다.

"나라면 탈 수 있을까?"

『당연하지. 페이트 너는 E의 영역이라고. 아무리 오래 타도 저렇게 되진 않을 거다. 하지만 지금은 포기해라.』

"나도 알아. 서두르자!"

왕도의 군사구는 내가 모르는 세계라 이곳저곳으로 눈길이 가는 걸 피할 수가 없었다.

더 많은 것들을 보고 싶다는 마음을 억누르면서 군사구 북쪽으로 다가갔다.

제10화 제7연구시설

순찰을 도는 병사들을 피하며 나아가다 보니 다른 곳보다 커다란 연구시설이 나타났다.

그리고 벽에는 보란 듯이 브레릭 가문의 문장이 달려 있었다.

다가가서 상황을 지켜보았다. 역시 경비가 엄중하구나…….

당연할 것이다. 슬럼에서 데리고 온 가지지 못한 자들이 도망친 지 얼마 안 되었으니까.

흑검 그리드가 《독심》 스킬을 통해 그늘에 숨어 있던 내게 말했다.

『자, 어떻게 할 거냐? 경비가 저렇게 엄중하니 안에 들어가는 것도 쉽지 않을 텐데.』

"아래쪽은 그렇겠지. 그렇다면 이 군사구로 들어왔을 때처럼 하면 돼."

『폴짝 폴짝, 폴짝 폴짝, 마치 토끼 같군. 아니, 개구리인가……, 개굴개굴.』

"시끄러워."

정말…… 정신 사납잖아! 이제 숨어들어 갈 건데 방해하지 말라고.

타이밍을 노려서 경비의 사각 지역으로 다가갔다. 그리고 기세를 살려 뛰어올랐다.

높이는 군사구를 둘러싸고 있는 벽보다 낮았기에 크게 문제가 되지 않았다.

뛰어올라 가는 동안에 본 건물의 외장은 거울처럼 흠집이 하나도 없고 이음매도 없었다. 그리드가 말했던 것처럼 가리아의 사라진 기술로 만든 것 같다. 대기와 반응하여 희미한 빛을 뿜어내는 그 벽은 부드러운 느낌이 들었고 왠지 정겨웠다.

"영차, 도착!"

『경비는 없는 것 같군.』

"그래, 아래쪽은 그렇게 소란스러운데 말이야."

옥상에 부는 바람이 생각보다 강했다. 아래쪽에 보이는 통풍구 같은 곳에서 시설 안에 발생한 열기를 뿜어내고 있었기 때문이다. 겨울인데도 불구하고 이 옥상은 마치 한여름처럼 더웠다.

추위에 대비해 옷을 두껍게 입고 있었기 때문에 서 있기만 해도 이마에 땀이 맺힐 정도였다.

"이봐, 그리드. 바람이 나오고 있는 안쪽에서 돌아가고 있는 엄청 큰 건 뭐야?"

『그냥 프로펠러다. 회전시키는 기구에 달아놓은 것뿐이지. 지금은 저렇게 단순한 것조차 사라져버린 거지.』

저게 단순하다고……, 나는 전혀 그런 것 같지 않았다. 어떻게 손을 쓰지 않고 돌리는 건지 전혀 알 수가 없었다.

그래도 안으로 들어갈 경로는 발견했다.

"여기서 아래로 내려가서 안으로 침입하자."

『하하하하핫, 여기로 내려간단 말이지? 재미있군.』

통풍구에 설치되어 있는 낙하 방지용 칸막이를 흑검 그리드로 잘라냈다. 사람이 한 명 정도 지나갈 수 있을만큼 벌리자 준비가 끝났다.

이제 타이밍을 봐서 빠르게 회전하고 있는 거대한 프로펠러를 피해 내려가기만 하면 된다. 그 전에 앞이 어두우니《암시》스킬을 발동시켰다.

『간단한 것 같지만 어려울 거다. 지금 페이트 너라면 만약 프로펠러에 닿는다 해도 산산조각 나지 않겠지. 하지만 오히려 프로펠러가 산산조각 날 거다. 그렇게 되면──.』

"숨어들어 가는 게 들켜버리겠지."

『잘 아는군. 그럼 이 몸은 구경하도록 하마.』

"항상 그랬으면서."

『그래. 이 몸은 무기니까, 하하핫.』

그리드의 웃음소리를 신호 삼아 통풍구로 내려갔다. 점점 안쪽에서 귀에 거슬리는 회전음이 들렸다. 바람이 더욱 강해져서 내 몸을 띄울 정도였다.

나는 회전하는 프로펠러의 움직임을 살펴보았다.

"지금이다!"

벽을 박차고 돌입했다. 프로펠러의 날개가 머리에 스치고 몸이 전부 통과했을 때 다음 날개가 발치를 가로질렀다.

휴우~. ……꽤 아슬아슬했나.

그래도 마인의 흑부를 피하는 걸 생각하면 차라리 이게 더 나을 것 같다.

거대한 프로펠러를 빠져나오자 강한 바람이 사그라들어서 낙하 속도에 가속이 붙기 시작했다. 이대로 갈 수 있는 곳까지 가볼까.

슬럼의 수녀에게 들은 이야기로는 모여 있던 사람들은 모두 시설로 들어간 뒤에 아래로 끌려갔다고 한다. 다시 말해 내가 가야 할 곳은 건물의 지하다.

그곳에 대체 뭐가 있는 걸까……, 내 눈으로 확인하겠어.

"아래로 내려갈수록 복잡해지는 것 같은데. 이쪽인가?"

『이렇게 큰 시설이니까 통풍구가 여기저기 얽혀 있는 게 당연하지. 넓은 곳을 골라서 내려가라. 자칫하다간 지하까지 바로 가지 못할지도 모른다.』

"나도 안다니까."

그리드가 말했던 대로 공간이 넓은 곳을 골라 아래쪽으로 나아갔다. 그러자 코를 찌르는 냄새가 풍겼다. 왠지…… 비린내가 나서 불쾌하다.

마치 고블린들을 마구 사냥했을 때 나는 냄새와 비슷한 것 같다.

"……죽음의 냄새가 나는데."

『페이트, 슬슬 도착한다.』

통풍구 최하층에 착지하자 발치에 철망이 있었다. 그곳을 통해 실내의 공기를 외부로 배출하기 위해 설치한 모양이었다.

아래를 살펴보니 넓은 방에 물이 차 있었다. 조명을 받고 있는 그 물은 새빨갛게 물들어 있어서 마치 선혈 같았다.

그 수영장 같은 곳에는 발판이 될 만한 다리가 몇 개 있었기에 철망을 흑검 그리드로 가르고 아래로 내려왔다.

"영차, 기분 나쁜 곳인데."

『…………그래.』

"뭐야, 너답지 않게."

『그러냐……, 그건 됐고 움직이는 게 좋을 텐데.』

대충 얼버무리는 그리드의 말을 듣고 위화감이 들었지만, 방의 출구로 보이는 곳으로 다가갔다.

처음 보는 문 같은 게 있는데, 이건 어떻게 열어야 하는 건지……. 문의 손잡이도 없고, 밀어도 안 열리네.

고생하고 있자니 그리드가 《독심》 스킬을 통해 가르쳐주었다.

『자동문이다. 열려면 인증받은 사람이 옆에 있는 플레이트를 만질 필요가 있지.』

"어? 정말……? 나는 당연히 인증받지 않았을 테니 열 수가 없는데. 억지로 부술 수도 없고……."

그럼 어떻게 해야 할까. 갑자기 앞길이 막혀서 끙끙대고 있자니 그리드가 비웃었다.

『이 몸을 거기 있는 플레이트 쪽으로 들어봐라.』

"어? 그게 무슨 소리야?"

『됐으니까, 어서 해.』

자신만만한 그리드가 말한 대로 들어보았다.

그러자 자동문이.

"열렸네?!"

『어떠냐! 이 몸이 나서면 이 정도는 손쉽지.』

인증받은 사람만 열 수 있는 자동문이었는데 그리드가 어떤 방법으로 개입해서 열어버렸다. 가끔은 쓸만한 그리드 님이다.

『구조는 이 몸보다 단순하니까. 자동문은 이 몸이 열어줄 테니 어서 가자.』

"왠지 오늘은 믿음직스러운데."

『뭐?! 항상 믿음직스럽다는 말을 잘못한 거겠지. 정정해라.』

열린 자동문 너머로 고개를 내밀고 통로에 사람이 없는 걸 확인했다. 그건 그렇고 이상할 정도로 조용한데.

"좋아, 가자."

『이봐, 듣고 있어?』

"그래, 그래. 듣고 있어. 그리드는 정말 믿음직스럽구나. 믿음직스러워."

『알면 됐다. 알면!』

비위는 이 정도만 맞춰주고, 통로에 발을 내디뎠다. 천장에 있는 조명이 밝아서 어두운 느낌이 전혀 들지 않았다. 저건 촛불이 아니겠지.

뭐, 조명뿐만이 아니라 벽과 바닥도 금속인지 돌인지 알 수가 없는 재질이었다. 멋대로 열리는 자동문도 그렇고 여기는 내가 알고 있는 세계와는 전혀 다르다.

마치 다른 세계에 떨어진 것 같은 착각까지 들 정도다.

"이봐, 그리드. 여기에 있는 기술은 가리아의 기술이었지?"

『그렇다. 극히 일부분이지만.』

"이게 일부분이야? 가리아는 터무니없는 나라였구나. 이렇게 대단한 기술을 가지고 있었는데 어째서 멸망했을까."

『윤리를 무시하고 너무 막 나가버렸기 때문이다. 그것만이 아닐지도 모르겠지만…….』

그리드는 갑자기 조용해져 버렸다. 하지만 통로를 나아갈 때마다 나오는 자동문을 아무런 말도 없이 열어주었다.

그리고 모퉁이 너머에서 인기척을 느끼고 멈춰섰다.

살며시 살펴보니 그 사람들은 손수레 위에 커다란 금속제 상자를 싣고 자동문 앞으로 들어갔다.

저 상자는 대체 뭘까……. 다섯 명 정도 되는 남자들이 모두 상자를 이동시키기 위해 그곳을 떠났다.

나는 아무도 남지 않았다는 것을 확인하고 아직 잔뜩 남아 있던 상자 쪽으로 다가갔다.

잘 살펴보니 상자 덮개 근처에 거무칙칙한 것이 묻어 있었다. 바로 머릿속에 떠오른 것은.

"이건……설마……아니, 그럴 리가."

『페이트, 그만둬라!』

그리드가 말리는 것도 듣지 않고 덮개를 열어버렸다. 그 남자들은 아무렇지도 않게 이것을 나르고 있었다. 그러니까 내가 생각하던 것이 들어 있을 리가 없다.

그렇게 믿고 싶었는지도 모르겠다.

"말도 안 돼……. 이봐, 그리드."

떨리는 오른손을 왼손으로 억누르며 상자의 덮개를 살며시 닫았다.

제11화 사로잡힌 성기사

『페이트, 정신 차려라!』

그리드의 목소리를 듣고 정신을 차린 나는 발소리가 다가오는 것을 눈치챘다. 그리고 곧바로 되돌아가 몸을 숨겼다. 좀 전에 커다란 금속제 상자를 나르던 남자들이 돌아온 것이다.

보아하니 나는 생각했던 것보다 오랫동안 사고가 정지된 상태였던 것 같다. 아직 상자 안에 들어 있던 것…… 이 눈에 선해서 기분이 나쁘다. 어떻게 하면 그렇게 심한 짓을 할 수 있는 거지?

매우 심하게 손상된 사람의 시체가 들어 있는 상자를 남자들이 태연하게 나르고 있다. 대체 여기는…… 어떻게 된 거야!

『마음을 가라앉혀라, 심장 박동이 흐트러졌다. 그러니까 내가 말했잖아! 보지 말라고!』

"미안해, 딱히 본 걸 후회하진 않아. 뭔가 터무니없는 일이 일어나고 있다는 걸 알았으니까."

『한동안 네가 좋아하는 고기를 먹을 수 없겠군.』

"……시끄러워."

『그 정도로 기운을 차렸다면 됐다. 가자.』

호흡을 가다듬고 금속제 상자가 있던 곳을 보았다. 남자들이 전부 가져가버린 모양이었다. 이대로 남자들을 따라가는 게 나을까, 아니면 다른 루트로 갈까.

『보아하니 폐기하기 위해 정리하여 상자에 담았을 거다. 쫓아가봤자 더 끔찍한 걸 보게 될지도 모른다.』

"끔찍한 거라니?!"

『이봐, 그만둬라! 페이트!』

남자들이 사라진 쪽을 향해 뛰어갔다. 도착해보니 그들은 들고 왔던 상자를 열고 안에 들어 있던 것을 아래쪽으로 떨어뜨리고 있었다. 그리고 아래쪽에서 들리는 것은 정체를 알 수 없는 기괴한 소리였다. 사람의 목소리가 아니라면 설마……, 여기는 왕도 안인데.

내 불안한 마음도 모르고 그 남자들은 아래쪽을 보면서.

"자, 잔뜩 먹어라."

"우와, 언제 봐도 징그럽네."

"너희들, 아래쪽은 적당히 봐라! 떨어지면 먹잇감처럼 먹힐 거라고."

"나도 안다니까. 그래도 못 써먹을 녀석들도 이렇게 도움이 되는군. 좀 징그럽지만."

"급료도 짭짤하고, 익숙해지면 별것 아니지. 힘이 없는 주제에 돈에 눈이 멀어서 어슬렁어슬렁 먹잇감이 되러 온 녀석이 잘못한 거라고."

남자들의 지독한 말을 듣고 나는 숨어 있던 곳에서 뛰쳐나왔다. 그리고 기세를 살려 남자 중 한 명을 밀쳤다.

"그럼 너도 떨어져 보라고."

"뭐? 으아아아아아아아악."

나머지 네 사람이 깜짝 놀라면서도 허리에 차고 있던 경봉에 손을 가져다 댔다.

"웬 놈이냐! 너, 여기가 누구의 연구시설인지 알고는 있는 거냐!"

하지만 반격할 시간 같은 건 주지 않았다. 한 명만 남기고 모두 떨어뜨렸다.

"알지."

나는 나머지 한 명의 목덜미를 한 손으로 잡아서 들어 올리며 떨어진 네 사람을 보았다.

꽤 깊었지만 네 사람은 아직 살아 있는 것 같았다. 다들 한데 모여서 벌벌 떨고 있었다. 그 이유는 그들 주위를 둘러싸고 있던 이상한 형태의 마물들 때문이었다. 지금은 먼저 준 피와 살을 먹고 있지만 조만간 다 먹어치울 것이다.

그렇게 되면 그다음은 그들이다. 그렇기에 필사적으로 내게 말했다.

"우리가 잘못했어. 거기 있는 비상용 버튼을 눌러줘."

"부탁이야! 잡아먹힌다고."

그들이 손가락으로 가리킨 쪽 벽에는 붉은 버튼이 있었다. 꽤 자주 사용했는지 붉은 도료가 벗겨져서 은빛 금속이 살짝 드러나 있었다. 비상용 버튼인데 왜 이렇게 많이 쓴 걸까.

항상 저렇게 아래로 떨어진 건가? 설마…….

그러자 그리드가 《독심》 스킬을 통해 말했다.

『저건 아마 아래에 있는 마물들이 차고 있는 목줄과 연동되어 있을 거다. 저걸 누르면 목줄에서 전류 같은 게 흘러서 마물에게 고통을 주는 장치겠지.』

"그렇다면 저렇게 많이 쓴 건…….'

『평소에 저 녀석들이 마물들을 학대하면서 즐겼을 거다.』

"끝까지 구역질이 나는구나."

나는 비상용 버튼을 누르지 않고 상황을 지켜보았다. 이상한 형태의 마물들은 피와 살을 먹어치운 뒤 메인 디쉬를 먹겠다는 듯이 긴 혀를 늘어뜨리며 남자 네 명에게 다가갔다.

"부탁이야. 얼른 눌러줘!"

"이제 틀렸어…… 으아아아아아악! 그만 둬! 다가오지 마!"

"싫어, 싫어!"

이상한 형태의 마물들은 남자들을 곧바로 죽이지 않고 땅바닥에 내동댕이치고 뼈를 부수며 괴롭히기 시작했다. 마치 지금까지 자신들이 그들에게 받은 고통을 재현하려는 것 같았다.

저 마물은 보기보다 지능이 높은데.

그렇게 비명이 울려퍼지는 와중에 나는 나머지 한 명에게 캐물었다.

"여기는 무슨 짓을 하고 있는 곳이지? 대답해!"

"……말할 수 없어…… 말할 수 있을 리가 없잖아…… 말해버리면, 나는…….”

그 뒤로는 말하지 않아도 알겠다. 브레릭 가문의 비밀을 털어놓았다는 걸 들키면 살아갈 수 없을 것이다.

하지만 말해줘야겠다. 모처럼 잡은 정보원이니까.

브레릭 가문은 왕도에서 마물을 키우고 있다. 그것도 사람을 먹이로 주면서.

어째서지? 그리고 본 적도 없는 저 마물들은 대체 뭐지?

나는 남자가 아래쪽을 잘 볼 수 있게끔 거꾸로 들어 올렸다. 만약 내가 손을 놓으면 그는 곤두박질쳐서 뜯어먹히고 있는 동료들

곁으로 가게 될 것이다.

"……알았어. 말할 테니까, 말할 테니까 떨어뜨리지 말아줘."

"우선, 누가 이런 짓을 지시했지?"

"라팔 브레릭 님이다. 부탁이야. 나는 아무것도 몰라. 그냥 상자에 담긴 시체 잔해를 저 녀석들에게 먹히는 일을 하고 있어."

"저 이상한 형태의 마물도?"

"자세히는 몰라. 하지만 저 녀석들은……처음에는 고블린이었어. 그런데 사람을 먹이다 보니 형태가 바뀌었고…… 어째서 그렇게 되었는지는…… 더 이상은 아무것도 몰라."

내가 이제 볼일이 끝났다는 듯이 손에서 힘을 빼려 하자 남자가 애원하는 듯이 목소리를 쥐어짜냈다.

"아직 남았어. 들어달라고! 여기에는 메밀 님이 유폐되어 있어. 메밀 님에게 물어보면 자세한 정보를 얻을 수 있을 거야."

"뭐?! 메밀이 왜?"

메밀은 라팔의 여동생일 텐데. 그런데 어째서 유폐되어야만 하는 거지? 그것도 이렇게 기분 나쁜 곳에.

남자에게 그 이유를 물어봐도 모른다고 할 뿐이었다. 이 연구 시설에서 일하는 여자에게 그런 이야기를 들은 모양이었다.

"신빙성이 떨어지는 이야기인데. 지어낸 이야기는 아니겠지? 그렇다면 메밀은 어디 있는데?"

"여기서 북쪽으로 가면 있는 수용실 중 한 곳에 있는 것 같아. 수용실은 가본 적이 없어서 어떤 곳인지는 잘 몰라. 부탁이야, 믿어줘!"

나는 남자를 잡고 있던 손을 놓았다.

남자는 새파랗게 질려 고블린이었던 이상한 형태의 마물들이 기다리는 곳으로 떨어졌다. 지면으로 떨어져 강한 충격을 받은 남자는 숨을 헐떡이며 쥐어짜내는 듯이 소리쳤다.

　"어째⋯⋯서냐! 알고⋯⋯ 있는 건 전부⋯⋯ 말했는데!"

　"네가 한 말이 정말인지 확인하러 간다. 만약 사실이라면 돌아와서 구해주지."

　"안 돼⋯⋯ 그럴 시간은 없어."

　"그건 네가 하기에 달렸지. 힘이 있잖아⋯⋯ 적어도 너희가 먹잇감이라고 했던 가지지 못한 자들보다는."

　나는 더 이상 남자를 돌아보지 않고 북쪽에 있다는 수용실로 향했다. 뒤에서 들린 것은 비통한 비명과 마물들의 포효뿐이었다.

　이곳에서 이루어지고 있는 일들은 윤리를 저버렸다는 말로도 부족한 것들이다. 라팔이 나쁜 녀석이긴 했지만 이렇게 잔인한 짓을 할 녀석이었나?

　그리고 여동생인 메밀까지 유폐되어 있다고 했다. 내가 알고 있던 라팔은 적어도 메밀에게만은 자상했는데.

　내가 잘못 본 걸까 하는 생각에 잠겨 있자니 그리드가 《독심》 스킬을 통해 말했다.

　『페이트, 눈치챘냐? 그렇게 소란스러웠는데 사람이 아무도 오지 않았다는걸.』

　"그래, 물론이지. 좀 전에 남자를 심문할 때도 계속 주위를 경계하고 있었으니까. 여기에는 사람이 너무 없어. 정말 메밀이 여기에 있다면 지금이 어떤 상황인지 알지도 모르겠는데."

　『⋯⋯이 느낌은 예전 생각이 나게 하는군. 조심하면서 가라.』

그리드는 신기하게도 진지한 목소리로 내게 조심하라고 했다. 이번에는 그 말을 따르는 게 나을 것 같다.

그만큼 이곳은 너무 차갑다. 사람의 생활감이라고 해야 하나, 온기가 전혀 느껴지지 않는다. 들리는 것은 아직 배가 고프다는 듯이 울부짖는 마물의 목소리뿐이었다.

제12화 실험체 E002

남자가 말했던 수용실까지 가는 동안 조금씩 싸늘한 느낌이 들었다.

아니, 그것은 내 시야 안에 확실하게 들어와 있었다. 하얀 벽에는 어떤 발톱 자국 같은 게 새겨져 있었고, 피가 말라붙은 흔적이 뒤섞여 있었다.

그 흔적이 북쪽으로 나아갈수록 많아졌다. 이 흔적과 피를 보니 많은 목숨이 사라졌다는 게 분명한 것 같았다.

슬럼 교회에서 온 사람들이 이곳에서 도망치다가 살해당한 건지도 모르겠다. 그리고 그 고블린이었던 마물의 먹잇감이 되어버린 건가…….

『페이트, 괜찮냐?』

"뭐야, 갑자기. 메밀을 찾아야 하는데."

『내 착각이라면 상관없지만……, 지금 너는 너답지 않다.』

"뭐가?"

『한 가지만 충고하지. 잘 들어라. 지금부터는 악의에 조건반사적으로 악의를 담아서 맞받아치지 마라.』

"그래도 그 녀석들은……."

『초조한 건 알겠지만 그래도 그렇게 해야 한다. 너를 위한 일이기도 해. 힘에는 선악의 구별 같은 게 없다. 강한 힘을 가지고 있다면 더더욱 그렇고.』

"그리드…… 나는."

『다시 떠올려 봐라. 가리아에서 천룡과 싸웠을 때의 마음을. 너는 다시 되풀이할 셈이냐? 다음에는 록시와 당당하게 마주 볼 수 있을까?』

나는 깜짝 놀랐다. 내가 다시 반복하려 했던 건가…….

가리아에서 록시 님에게 힘이 되어주겠다고 해놓고 혼자 나서서 싸운 나머지 최악의 타이밍에 정체를 들켜버렸다. 그럼에도 불구하고 폭주 직전이었던 힘(폭식 스킬) 때문에 어떻게 해볼 수 없는 상황이었던 내게 마지막으로 구원의 손길을 내밀어 준 사람은 그녀였다.

록시 님에게서 느낀 것은 선악이 아니라 따스한 마음이었다. 나는 레벨이나 스테이터스, 스킬과는 다른 그 힘에 구원받았다. 그리고 알아버렸다.

나는 록시 님을 구하고 싶어서 가리아로 간 것이 아니라 나 자신이 그녀에게 구원받고 싶었다는 것을…….

그래선 안 되기 때문에 다시 시작해서 이번에야말로 록시 님과 당당하게 다시 만날 수 있게끔 노력해왔다. 하지만 또 눈앞에 있는 것에만 마음이 휘둘려서 소중하게 여겨야 하는 것을 잃어버릴 뻔 했다……. 참 한심하다.

그리드와 마찬가지로 아론이나 마인도 마찬가지다. 성기사가된 뒤로도 나를 걱정해주었다. 그런데도 해야 할 일이 너무 많아서 그것들만 우선시하다 보니 마음이 급해서 최단거리만을 노리며 억지스럽게 행동했는지도 모르겠다.

"미안해…… 그리드. 정신을 차렸어. 이제 괜찮아."

『그럼 됐다. 지금부터는 아무 말도 하지 않을 거다.』

"그래, 지켜봐줘."

록시 님……, 그녀라면 선에는 선, 악에는 악, 이렇게 단순하게 행동하진 않을 것이다. 나는 악에는 악을 맞부딪히는 것밖에 몰랐지만 그것만으로는 그리드가 말했던 것처럼 앞으로 나아갈 수가 없다. 나는 록시 님 같은 대답을 이끌어낼 수 없으니 나답게 다른 답을 찾으면 된다.

악연이 있는 브레릭 가문과의 관계를 청산했을 때, 당당히 록시 님과 다시 만날 수 있을 것 같다.

흑검 그리드를 쥐고 서둘러 가던 내 눈앞에 수용실이라고 새겨져 있는 플레이트가 나타났다. 많은 사람들을 동시에 안에 가둘 수 있게 만들어서 그런지 자동문이 다른 방보다 컸다.

"그리드, 부탁해도 될까?"

『이 몸에게 맡겨라.』

인증 플레이트를 향해 흑검을 들어 올려 자동문을 열었다. 삑, 소리가 나는 것과 동시에 방의 문이 열렸다.

그곳에는 통로가 하나 있었고, 양쪽으로 투명한 문이 여러 개 설치되어 있었다.

다가가서 살펴보니 문이 투명해서 방 안이 훤히 보였다.

안은 새하얀 색이었고, 배수구 수십 개만 있었다. 사람이 살 수 있을 만한 곳이 아니었다.

나는 하나씩 들여다보면서 안을 확인해 나갔다. 다른 사람이 잡혀 있는 게 아닐까 생각해서 살펴보았지만, 이상할 정도로 깔끔하게 청소해둔 방밖에 없었다.

"아무도 없는데."

『너무 낙담하지 마라. 가장 안쪽 문을 봐, 다른 곳과는 다르다.』

그리드의 말을 듣고 본 자동문은 다른 방과는 달랐다. 불투명 유리처럼 밖에서 안을 볼 수 없게 되어 있었던 것이다.

지금까지 봐 왔던 곳에는 메밀이 없었다. 마지막으로 남은 곳── 정말 메밀이 있다면 여기밖에 없다.

나는 수용실에 들어왔을 때와 같은 방법으로 인증 플레이트 쪽에 흑검을 들어 올렸다.

"열렸다……?!"

『있군. 저게 메밀이냐?』

"그래, 저 차가운 보라색 머리카락……, 메밀이야."

조금 야윈 것 같지만 분명히 메밀 브레릭이었다.

방 안에 있는 건 침대뿐이었다. 그녀는 하얀 옷을 입고 그 부드러워보이는 침대에 누운 채 잠들어 있었다.

매우 지쳤는지 내가 안으로 들어갔는데도 일어날 기색을 보이지 않았다. 일어나기는커녕 다가가서 얼굴에 손을 대보아도 잠들어 있었다. 분명히 이상하다.

"어떻게 된 걸까."

『누군가가 잠들게 한 거겠지만……, 페이트. 오른팔을 봐라.』

메밀의 팔에는 작은 상처가 잔뜩 나 있었다. 뭔가 얇은 바늘 같은 걸로 여러 번 찌른 느낌이다. 그리고 그 주위가 푸르스름하게 충혈되어 있었다.

그리드가 끙끙대며 내게 말했다.

『주사기로 약물 같은 걸 체내에 주입한 모양이군. 그것도 대량으로. 아마 그 영향 때문에 의식을 잃었을 거다.』

"어째서 그런 짓을 한 거지?"

『……실험을 했을지도 모른다. 페이트, 혹시 모르니 감정 스킬로 이 여자를 살펴봐라.』

그리드가 말한 것처럼 실험으로 무언가를 투여했다면 스테이터스에 영향이 생겼을지도 모른다. 나는 《감정》 스킬을 발동시켰다.

메밀 브레릭 Lv30
　　체력 : 5165600
　　근력 : 6197600
　　마력 : 6138400
　　정신 : 5150900
　　민첩 : 5167800
　　스킬 : 성검기, 근력 강화 (대), 마력 강화 (대)

어……? 스테이터스가 매우 높다. 이 스킬 구성에 이 레벨이면 각 스테이터스가 20만 미만이어야 할 텐데. 그런데 모든 스테이터스가 500만이 넘는다.

이렇게 이상할 정도로 스테이터스가 올라간 게 그리드가 말했던 실험의 성과인가?

그런데 그 영향으로 메밀은 잠들어 있었다.

"이대로 두면 이 연구시설에서 무슨 일이 일어난 건지 알아낼 수가 없겠는데."

『자, 어떻게 할 거냐? 페이트.』

"메밀을 여기서 데리고 나가자. 팔의 상처를 보니 주사를 여러 번 맞은 것 같으니까 더 맞지 않으면 의식을 되찾을지도 몰라. 그렇게 되면 이야기도 할 수 있을 테고."

유력한 정보원을 손에 넣은 나는 메밀에게 손을 뻗어 들어 올렸다.

그러자 방 안이 흰색에서 붉은색으로 바뀌고 경보가 시끄럽게 울리기 시작했다.

"어?!"

『실수했구나, 페이트. 그렇게 조심하라고 했는데.』

"뭐야, 남일처럼 말하기는!"

『이 몸은 그저 무기에 불과하니까.』

"정말……, 여전하구나."

방의 자동문까지 멋대로 닫혀버렸다. 나는 메밀을 한 손으로 안아들고 흑검을 인증 플레이트 쪽으로 들어 올렸지만.

"열리지 않는데."

『그야 그렇겠지. 침입자가 들어왔으니 강제로 잠겼을 거다.』

"그럼 할 일은 뻔하겠네."

『그렇게 나와야지. 몰래 숨어다니는 건 이 몸의 취향에 맞지 않아. 우리답게, 시끌벅적하게 가자고!』

나는 신이 난 흑검 그리드를 휘둘러 열리지 않게 된 자동문을 잘라냈다.

제13화 **되살아나는 과거**

　복도도 흰색에서 붉은색으로 변했다. 경보의 음량으로 보아하니 시설 내부 전체에 울려 퍼지고 있는 것 같다.

　하지만 경비를 맡은 사람들이 바로 침입자인 내가 있는 곳으로 올 것 같은 기척은 느껴지지 않는다. 아니, 그런 것보다 피부를 따끔거리게 만드는 기분 나쁜 예감이…….

　메밀을 안고 수용실 문을 박살 냈을 때, 그것은 이미 기다리고 있었다. 그렇다, 사람도 아니고 마물도 아닌…… 고블린의 말로.

　여기에 오면서 보았던 어떤 실험으로 인해 변모한 마물이었던 존재.

　그 추악한 것들이 50마리 넘게 통로에서 우글거리고 있었다. 아마 침입자가 있는데도 불구하고 사람이 오지 않았던 이유가 이것 때문일 것이다. 사로잡을 생각 따윈 없다.

　먹잇감으로 주던 피와 살처럼 남김없이 먹게 해서 침입자가 있었다는 증거조차 남기지 않을 셈인 것이다. 그 경보도 지하시설 안에 있는 직원들을 대피시키기 위해 울린 것 같다.

　몰려드는 그 녀석들을 보니 눈동자 색에서 위화감이 들었다. 보통 고블린의 눈동자는 검은색이다. 하지만 지금 보이는 저 녀석들은 선혈처럼 붉게 물들어 있다.

　내가 기아 상태에 빠졌을 때나 폭식 스킬을 이끌어냈을 때의 색과는 다른 붉은색. 꺼림칙할 정도까진 아니지만 그래도 기분 나

뻔 압박감이 들었다.

좀 전에는 대단한 적이 아니라고 생각해서 그냥 지나쳤지만 뒤늦게나마 《감정》을 발동시켜서 조사해보았다.

"어……?"

감정할 수가 없어?! 설마 이 고블린이었던 것들이 은폐 스킬을 가지고 있는 건가? 아니, 그렇다면 스킬만 보이지 않을 뿐, 스테이터스는 보일 텐데.

어떻게 된 거지……? 마인을 감정했을 때와 비슷하다.

수수께끼가 풀리지 않았지만, 적은 기다려주지 않았다. 일그러진 이빨…… 그중에서도 이상하게 커다란 송곳니를 드러내며 몇 마리가 내게 덤벼들었다.

"치잇."

나를 물어뜯으려 하는 그것들을 베어냈다. 그리고 평소였다면 무기질적인 목소리가 폭식 스킬이 발동된 내용을 머릿속으로 말해줄 텐데……, 그게 아니라 전혀 다른 것이 내 안으로 스며들었다.

크으……. 몸이 찢어질 것 같은 고통이 나를 덮쳤다. 폭식 스킬이나 굶주림과는 전혀 달랐다. 마치 몸속에 맹독이 퍼진 것 같은 감각이다.

그리고 나는 견디지 못하고 피를 토해버렸다.

"이 감각은 뭐야……, 기분이 나쁜데."

오른손으로 들고 있던 흑검에 달라붙은 피가 증발해서 사라졌다. 그것을 본 그리드가 《폭식》 스킬을 통해 말했다.

『페이트, 저걸 죽여선 안 된다. 설마했는데……, 네 몸 상태와

방금 그 피를 보고 정체를 알아냈다. 저건 나이트 워커다.』

"나이트 워커?! 고블린이 아니라?"

쓰러뜨리면 스테이터스가 가산되고 스킬이 추가되는 것이 아니라 맹독을 먹은 것처럼 괴로울 뿐이기에 흑검의 칼날 옆부분으로 쳐서 거리를 벌렸다.

"어째서 폭식 스킬이 정상적으로 발동되지 않는 거야?"

『저건 이미 죽은 존재다. 그리고 약간이나마 남은 혼의 찌꺼기를 잡아두고 움직이는 것에 불과해. 그렇게 열화된 혼을 폭식 스킬이 먹어서 네게 대미지를 입힌 거다. 그러니 나이트 워커를 죽여선 안 된다. 계속 먹는다면 아무리 너라 해도 죽을 거다.』

정말 골치 아픈 적이다. 쓰러뜨리고 먹는 싸움만 해왔던 내가 처음 마주한 상성이 안 좋은 적이다.

"죽이지 못하는 적이라……."

그리고 나이트 워커들을 보고 신경 쓰인 것이 이상한 회복 속도였다. 흑검 칼날 옆으로 때려서 뭉개진 부분이 이미 원래대로 돌아와 있었다.

『페이트, 중요한 게 하나 더 있다. 절대로 물리지 마라. 저 행동에는 E의 영역조차 돌파하는 저주가 걸려 있다. 물리면 저렇게될 거다.』

"뭐?! 저 녀석들은!"

고블린 나이트 워커 뒤에 있던 것은 내가 밀쳤던 이곳의 직원들이었다. 그 녀석들은 모두 눈이 붉어진 채 커진 송곳니를 드러내고 나를 노렸다.

내게 살해당했다는 증오가 아직 남아 있는지 고블린 나이트 워커들이 아니라 내게 적의를 드러내며 덤벼들었다.

"정말 껄끄럽네. 하지만……."

나이트 워커들은 지금도 계속 늘어나고 있다. 아마 내가 보았던 곳 말고도 사육장소가 있었던 것 같다. 그곳에서 풀어놓았다고 생각하는 게 낫겠지.

나는 흑검을 흑순으로 변형시켜 덤벼드는 녀석들을 막아냈다. 그대로 앞으로 나아갔다.

그러자 우연히 열려 있던 어두운 방을 발견했다. 《암시》를 발동시켜 안을 확인해보니 나이트 워커는 없었다. 우선 안쪽으로 피해야겠다.

나는 메밀을 다시 안아들고 굴러들어가다시피 안으로 들어갔다.

『페이트, 천장을 무너뜨려서 입구를 막아라.』

"굳이 말할 필요도 없어."

나를 쫓아온 나이트 워커들이 들어오기 전에 뛰어올라 천장을 무너뜨렸다. 예상대로 위에서 쏟아진 잔해가 입구를 막았다.

귀를 기울여보니 바깥에서 나이트 워커가 잔해를 발톱으로 할퀴는 것 같은 소리가 들렸다. 보아하니 안으로 들어 올 수 없는 것 같다.

나는 메밀을 바닥에 눕히고 방을 둘러보았다.

구조는 나이트 워커들을 사육하고 있는 곳과 비슷했다. 하지만 최근에 사용한 것 같지는 않았다. 벽과 바닥에는 나이트 워커가 날뛴 것 같은 흔적이 있긴 했지만 피비린내가 나지 않았기 때문이다.

여전히 경보가 울려 퍼지고 있는 와중에 나는 이 시설에서 나갈 방법을 생각했다.

"역시 저기로 나가야 하려나."

방 위쪽을 보고 그리드에게 말했다.

『환기구 말이냐?』

"그래, 메밀을 안전하게 데리고 나가려면 저기로 나가는 게 나을 것 같아."

쇠뿔도 단김에 빼라고 했으니 여전히 잠들어 있는 메밀을 안고 탈출하려 했을 때, 벽 틈새에서 빛이 새어 들어오고 있다는 것을 눈치챘다.

대체 뭘까……. 이 시설을 지금까지 봐 왔는데 이음매가 어디 있는지 모를 것 같은 구조였을 텐데. 그런데도 벽 틈새에서 빛이 새어들어 오다니, 그럴 수도 있나?

의아해서 그쪽으로 다가가자 그리드가 혀를 차며 말했다.

『숨겨진 방이군. 뭔가 이유가 있어서 일그러진 빛이 새어 나오는 거겠지. 페이트, 어떻게 할 거냐?』

원래 이곳에 온 이유는 브레릭 가문이 무슨 짓을 하고 있는지 조사하기 위해서였다. 하지만 정작 중요한 메밀은 여전히 깨어나지 않았다.

숨겨진 방이 있는 걸 보니 다른 사람이 알면 안 되는 것들이 있을 거 같다.

그렇다면——.

"들어가 보자."

『그럴 줄 알았다.』

흑검으로 벽을 베고 안으로 들어갔다. 또 내 눈앞에 처음 보는 광경이 펼쳐져 있었다. 안쪽까지 30미터 정도 거리가 있는 것 같다. 어둑어둑하고 환기를 시키기 위해 프로펠러가 돌아가는 소리가 울리고 있었다.

커다란 원기둥 모양 유리 용기에 붉고 투명한 액체가 들어 있었고, 그 안에 생물이 잠겨 있었다. 고양이나 개 같은 일반적인 동물도 있었고, 마물도 있었다. 그것들이 잔뜩 늘어서 있었다.

"무슨 실험 같은 걸 하고 있는 건가?"

『아마 나이트 워커와 관련된 실험일 거다. 저 용액에 들어 있는 붉은 성분은 아마 나이트 워커의 시조의 피를 희석시킨 거겠지.』

"시조라니?"

『가리아의 생물병기다. 아마 브레릭 가문이 어딘가에서 그것을 얻은 모양이지. 하필이면 그런 것에 손을 대다니. 제어할 수 있다고 생각하는 모양이군.』

"전염병처럼 감염력이 강할 것 같은데 말이지. 병원체(나이트 워커)가 직접 움직여서 동료를 늘려갈 테니 만약 이곳 밖으로 도망친다면 눈 깜짝할 새에 왕도 전체로 퍼져나갈지도 몰라."

『그렇다.』

혹시 이 앞에 그리드가 말했던 선조가 있을지도 모르겠다. 나는 그렇게 생각하며 앞으로 나아갔다.

하지만 내 예상과는 달리 가장 안쪽에 있던 유리 용기에는 낯익은 사람이 들어 있었다.

"설마……, 하드 브레릭?!"

내가 가리아로 떠나기 전에 죽였던 성기사 하드 브레릭이 조용히 잠들어 있었던 것이다. 그리고 나는 그때 하드의 오른쪽 다리와 두 팔을 없애버렸다. 하지만 눈앞에 있는 하드는 내가 없애버린 오른쪽 다리와 두 팔이 재생되어 있었다.

상황을 살펴보고 있자니 갑자기 하드가 두 눈을 떴다.

선혈처럼 붉은 눈이 떨리며 나를 본 순간, 유리 용기에 금이 갔다.

방심했다. 다른 생물들은 메밀처럼 깊게 잠들어서 깨어날 낌새를 보이지 않았기 때문이다.

나는 재빨리 뒤쪽으로 물러났다.

그와 동시에 깨진 유리가 이리저리 튀었고, 붉고 투명한 액체가 바닥을 적셨다.

안에서 나온 하드는 다른 나이트 워커와 마찬가지로 이성을 갖추고 있지 않은 것 같았다. 하지만 나를 향한 증오만큼은 진짜였다.

하드는 나를 노려본 뒤 입을 서투르게 움직이며 소리쳤다.

"페……이트, 페이……트, 페이트ㅇㅇㅇㅇㅇㅇㅇㅇㅇㅇㅇㅇㅇㅇ
ㅇㅇ!!"

제14화 늘어나기 시작하는 망자

 성기사 나이트 워커. 그것은 예상을 뛰어넘는 힘을 지니고 있었다.

 단숨에 내 품속으로 파고들어 왔다. 메밀을 안고 있었기에 생각한 대로 움직이지 못해서 반응이 늦어버렸다.

 그 빈틈을 짐승처럼 날카로운 눈빛이 놓칠 리가 없었다.

 꽉 쥔 주먹을 바닥에 스칠 정도로 내렸다가 휘둘러서 내 배를 가격했다.

 믿기지 않을 정도로 강한 충격으로 인해 의식이 약간 멀어졌다. 메밀을 안고 있던 손에 힘이 풀렸다.

 그리고 나는 메밀을 그곳에 두고 힘차게 뒤로 날아가버렸다. 기세가 엄청나서 숨겨진 방의 천장뿐만이 아니라 위층의 벽과 방의 벽까지 뚫고 날아갔다.

 의식이 또렷해졌을 때는 연구시설의 외벽 바깥으로 날아와 있었다.

 공중에서 떨어지면서 나이트 워커가 되어버린 하드의 실력에 깜짝 놀랐다.

 그런 내게 그리드가 《독심》 스킬을 통해 말했다.

 『E의 영역이다.』

 "…………하드가 말이지."

 『어째서 그리 놀라는 거지? 전에 말했을 텐데. 지금부터는 인간을 벗어난 영역이라고. 너는 아직 그 입구에 서 있을 뿐이다.』

내 경우에는 그 영역에 발을 내딛게 된 계기가 폭식 스킬이었을 뿐이다. 그리드의 이야기를 들어보니 다른 방법은 얼마든지 있는 것 같다.

성 안에서 임금님을 알현했을 때도 백기사들은 E의 영역을 넘어선 상태였다. 그 두 사람은 그나마 이해가 되는 부분이 있었다.

하지만 나이트 워커가 E의 영역이라니, 받아들이기 힘들다.

"E의 영역에 도달했다는 건 살아 있는 천재지변이라는 천룡이나 마찬가지라는 소리잖아. 그 영역에 도달하지 못한 자들은 쓰러뜨릴 수 없을 뿐더러, 물리면 나이트 워커가 되고…… 그런 녀석들이 왕도에서 날뛴다면."

『눈 깜짝할 새에 망자들이 우글대겠지.』

젠장. 게다가 메밀이 아직 연구시설 안에 있다.

뒤쪽을 보니 내가 옆 시설까지 날아와 있었다. 마침 잘 됐다. 저곳을 발판 삼아서 다시 시설 안으로 들어간 다음에…….

"뭐?!"

하드가 나를 쫓아오며 엄청난 속도로 달려들었다. 피할 수 없다, 타이밍이 너무 안 좋다.

하드가 나를 머리로 들이받았다.

"페이트ㅇㅇㅇㅇㅇㅇㅇㅇㅇㅇㅇㅇㅇ!"

"크윽."

또냐! 하드의 기세는 뒤쪽 시설의 벽을 뚫고도 줄어들지 않았다.

시설 안의 벽, 천장, 바닥까지 구멍을 뚫었고, 결국 시설을 관통해버렸다.

나는 견디지 못하고 하드의 왼쪽 옆구리를 가격한 다음, 약간 생긴 빈틈을 노리고 턱을 차 올렸다.

"페이트, 페이트, 끈질기다고."

거리가 더 벌어졌기에 흑검을 휘둘러 세로로 베었다. 손맛이 느껴졌다.

조용해진 하드에게서 떨어진 위치에 착지했다. 그리고 상황을 살피다가 어떤 것을 잃었다는 것을 깨달았다.

해골 마스크다. 방금까지 쓰고 있었는데 어디로 가버린 걸까. 시설을 뚫은 충격 때문에 떨어져버린 건가? 그렇게 생각하고 있자니 그것은 일어난 하드의 입쪽에 있었다.

해골 마스크를 깨물어 부수면서 포효하는 하드. 내가 베어서 났던 치명상 같은 상처는 마치 시간을 되돌린 것처럼 낫기 시작했다.

나는 흑검을 다시 쥐고 칼 끝을 하드에게 겨누었다.

마인의 말로는 그건 내 트레이드 마크였는데 말이지.

올 거냐, 하드. 그렇게 생각하고 있자니 소동이 일어났다는 것을 눈치챈 경비병과 성기사들이 달려왔다.

그리고 모두들 내가 아니라 변해버린 하드를 바라보았다.

"이게……, 대체 무슨 일이지?"

"하드 브레릭 님, 어떻게 되신 겁니까?"

정작 하드는 왠지 모르겠지만 냄새를 맡아대고 있어서 마치 밥을 앞에 둔 개 같은 느낌이었다.

설마?!

"물러서! 너희들, 거기서 물러서라고!"

"무슨 소릴 하는 거냐. 그리고 너는 누구지? 처음 보는 얼굴인데."

내 말을 들어주지 않을 것 같다. 아니, 내가 누군지 묻고 있다. 뭐, 당연하겠지. 내가 바르바토스 가문을 이어받았다는 것을 임금님의 알현의 방에서 보고했을 때는 해골 마스크를 쓰고 있었다. 지금은 그 마스크도 없다. 게다가 그곳에 없었던 말단 성기사라면 더더욱 내가 누군지 모를 것이다.

이렇게 된 이상 실력행사를 할 수밖에 없다. 하드가 행동하기 전에 그들에게서 떼어놓을 수밖에 없다.

그렇게 생각하며 먼저 다가가려 했지만, 나보다 하드가 있던 곳이 더 가까웠다.

경비병을 한 명 들어 올린 뒤 내게 던졌다. 너무 빨라서 내가 피해버리면 그는 죽을 것이다.

그렇게 잠시 망설인 끝에 날아온 그를 받아내고 있자니 하드가 다른 사람들을 물어뜯었다.

솟구친 피와 비명.

그리고 하드는 혀를 낼름거리더니 쓰러진 성기사들에게서 성검 두 자루를 빼앗았다. 그러자 그 성검이 푸르스름하게 빛나기 시작했다.

다시 말해 성검기 스킬의 아츠, 《그랜드 크로스》를 성검에 담아 공격력을 엄청나게 증가시킨 것이다.

"페이트으으으으으으으으."

나는 경비병을 내던지고 날아드는 하드의 성검 두 자루를 흑검으로 막아냈다.

"크윽, 무거운데."

"페이트, 페이트, 페이트."

좀 전보다 움직임이 날카로워졌다. 그리고 힘도……. 혹시 흡혈해서 힘이 강해진 건가?

아무리 내가 아이샤 님을 치료해서 스테이터스가 떨어졌다고는 해도 이렇게까지 밀릴 수가 있는 걸까…….

나는 흑검을 꽉 쥐고 하드를 밀어냈다. 그 뒤에서는 하드에게 살해당했던 성기사들과 경비병들이 천천히 일어서기 시작하고 있었다.

그리고 각자 흩어져서 걸어가기 시작했다. 큰일이다……, 저들을 이대로 가게 두면 군사시설이 나이트 워커로 가득차게 될지도 모른다.

하지만 하드가 걸리적거려서 손을 쓸 수가 없다. 그리고 나이트 워커를 쓰러뜨리고 폭식 스킬이 발동되어버리면 열화된 혼을 강제로 먹게 된 나는 대미지를 입게 된다.

이 적은 나 혼자서 쓰러뜨릴 수가 없다.

그렇게 생각했을 때 나이트 워커들을 베는 자가 나타났다.

"페이트, 늦어서 미안하다. 폐하께 정식으로 허가를 받느라 시간이 오래 걸려버렸다. 고전하는 모양인데."

"아론!"

아론은 푸르스름하게 빛나는 성검을 휘둘러 하드의 등을 베었다. 피가 뿜어져 나온 것과 동시에 하드의 힘이 약해졌다. 나는 재빨리 그 녀석의 옆구리 쪽으로 빠져나와 아론과 합류했다.

그렇다, 아론도 나와 마찬가지로 E의 영역에 발을 내딛은 것이다. 그 원인은 하우젠에서 벌인 싸움에서 그와 유대를 맺었기 때문이다. 그 이후로 내가 천룡과 전투를 벌이면서 E의 영역에 도달했을 때 아론에게 이변이 일어났다고 한다.

이야기를 들어보니 머릿속에서 '스테이터스 수치를 재산출합니다'라는 무기질적인 목소리가 들렸다고 한다. 그런 다음 몸이 다시 구성되는 듯한 신기한 감각이 느껴졌고, 정신을 차리고 보니 스테이터스가 처음 보는 표기로 바뀌었다는 모양이다.

천룡과의 싸움이 끝난 뒤, 하우젠에서 아론을 만났을 때는 깜짝 놀랐다. 원래 기운이 넘치던 영감님이 엄청나게 강해졌기 때문이다. 이제 어떻게 해볼 수도 없을 정도로 기운이 넘치는 영감님이 되었다.

"리치 로드와 싸웠을 때가 생각나는군. 이보게, 페이트. 그때와 비슷한 상황이 된 것 같구나. 폭식 스킬 때문에 숨통을 끊지 못하는 것 같은데. 안 그런가?"

"눈치가 빠르시네요. 나이트 워커를 쓰러뜨리면 폭식 스킬이 열화된 혼을 먹어서 제가 꽤 큰 대미지를 입게 되거든요."

하드는 고블린 나이트 워커들보다 혼이 더 열화된 것 같아. 먹으면 죽을지도 모르겠는데…….

"그렇다면 오랜만에 함께 싸워보도록 할까. 주먹이 우는군……, 준비 되었나? 페이트."

"네!"

제15화 인간이 아닌 자

아론과 함께 하트를 향해 양쪽에서 동시에 달려들었다.

먼저 나부터!

상단으로 파고드는 척하면서 발을 더 내디뎌 중단으로 전환했다. 하드는 그 움직임에 반응하여 내 공격을 왼손으로 들고 있던 성검으로 막은 다음 오른손으로 들고 있던 성검으로 베려 했지만……. 아론이 그렇게 두진 않았다.

억지로 하드의 오른쪽 성검을 튕겨내며 내가 공격할 틈을 만들어주었다.

"페이트!"

"물러나세요. 우오오오옷."

흑검에 《화염탄 마법》을 걸고 타오르는 화염검을 하드의 심장에 찔렀다. 그리고 아론이 물러나는 것을 곁눈질하면서 마력을 쏟아부었다.

초근거리에서 발동시킨 마법이 하드를 불태운 뒤 나까지 휩쓸었고, 불기둥이 솟구쳤다.

나는 너무 강한 위력으로 인해 발생한 충격파를 맞고 날아가서 아론이 있던 뒤쪽까지 굴러갔다. 하늘에서는 그 충격으로 인해 부서져버린 건물 벽과 창문이 비처럼 쏟아져 내렸다.

"괜찮나? 무리하는군."

"네, 조금 화상을 입었을 뿐입니다. 이 정도라면 금방 나아요."

자동 회복 스킬과 자동 회복 부스트 스킬을 둘 다 가지고 있기에 내가 생각해도 웃길 정도로 상처가 빠르게 낫기 시작했다. 하드를 보고 괴물이라 생각했지만, 나도 마찬가지인 것 같다.

아론의 손을 잡고 일어난 뒤 타오르고 있는 하드의 상황을 살펴보았다.

"무슨 재생 능력이……."

그렇게 말한 것은 아론이었다. 숯이 되어 떨어져 내린 하드의 몸 안에서 새로운 살이 뛰어나와 빠르게 회복되고 있었다.

아니, 그것뿐만이 아니다. 하드의 피부보다 더 단단한 것으로 강화되고 있었다.

"저건 이미 하드가 아니야…… 저건…… 저 모습은, 이미…….."

내가 하드를 보고 말을 잃고 있자, 그리드가 《독심》 스킬을 통해 말했다.

『나이트 워커가 된 자에게 사람의 마음은 없다. 페이트, 잘 알아둬라. 사람으로서 마음을 잃고 E의 영역에 도달한 추한 모습을…… 붕괴 현상이다.』

하드의 모습은 마물 그 자체였다. 입은 귀까지 찢어졌고, 이빨이 이상한 형태로 날카롭게 돋아났다. 몸도 특이하게 커져서 바위처럼 울퉁불퉁하고 검붉은 색이다. 마치 오랜 시간에 걸쳐 선혈이 굳어버린 것 같은 색이다.

그리고 가장 특징적인 악마 같은 검은 날개가 등을 뚫고 나온 것처럼 두 개 달려 있었다.

그리드는 붕괴라고 했다. 만약 내가 가리아에서 천룡을 쓰러뜨린 뒤에 록시 님에게 구원받지 않았다면 저런 모습이 되었을 지도 모른다는 뜻이다.

웃기지도 않는다.

내가 나중에 폭식 스킬에게 먹혀버린다면 E의 영역이라는 엄청난 힘을 가지고 있는데다 사람의 마음을 잃는 것뿐만이 아니라 사람의 모습조차 잃어버리는, 사상 최악의 마물이 탄생하게 될 것이다.

『겁먹었냐? 페이트.』

그리드의 도발을 듣고 나는 고개를 저었다.

"아니, 혹시 그 천룡 말이야. 원래 사람이었을까?"

『그렇다면 어떻게 할 거지?』

말없이 서 있자 그리드가 웃으며 말했다. 이 몸은 처음부터 말했다고, E의 영역은 인간을 벗어난 영역이다, 그 말이 딱 맞는다고. 그럼에도 불구하고 너는 그 영역에 발을 내디뎌버린 것이라고.

"페이트, 왜 그러나?"

나는 아론의 목소리를 듣고 정신을 차렸다. 싸우고 있는 도중인데 무슨 짓인지.

"죄송합니다. 하드는……."

여전히 타오르고 있는 불꽃 안에서 조용해진 상태였다. 하지만 좀 전보다 녀석에게서 느껴지는 압박감이 한층 더 강해진 것 같은 느낌이다.

천천히 눈을 뜨고…… 새빨간 눈동자로 나를 바라보았다.

"뭐?!"

"이럴 수가……."

한순간이었다. 한순간만에 하드가 나와 아론 뒤쪽으로 이동한 것이다.

저 검은 날개의 힘인가?!

들어 올린 성검 두 자루.

놀라울 정도로 묵직한 참격이 나와 아론을 덮쳤다.

아슬아슬하게 각각 하나씩 참격을 받아냈지만, 하드가 불꽃을 마구 튀기며 끝까지 휘둘러버렸다.

우리 둘 다 뒤쪽으로 튕겨져 나가 어떤 연구시설 벽에 부딪혔다.

내 위로 쌓인 잔해를 치우고 일어서보니 그곳은 이상한 곳이었다. 수많은 여자들이 커다란 유리 용기 안에서 용액에 잠겨 있었다. 마치 벌레나 곤충의 표본 같은 취급이었다. 그리고 왠지 모르겠지만 그렇게 미쳐 날뛰던 하드가 쫓아오지 않았다.

위화감이 드는 와중에 연구실에 거려 있던 가문의 문장을 보니 역시 이곳도 브레릭 가문이었다.

그중에서 어떤 여자가 특히 눈길을 끌었다. 정말 아름다워서 이 세상 사람인 것 같지 않은데…….

대체 누굴까…… 그렇게 생각하고 있자니 아론이 무심결에 이름을 말했다.

"리나 브레릭……, 어째서 이런 곳에 있는 거지? 그녀는 분명히 10년도 더 전에 죽었을 텐데."

리나 브레릭?! 누구지? 이름을 들어보니 하드와 라팔, 메밀과 관련이 있을 것 같은데.

"그녀가 누구죠?"

아론은 하드의 습격을 경계하면서 떨떠름하게 말했다.

"자세한 사정은 모르겠지만, 리나 브레릭은 라팔의 친어머니다. 원래 몸이 약했던 모양인지 라팔을 낳고 몸 상태가 매우 안 좋아졌지. 몇 년 뒤에 죽었다. 설마 이런 곳에 있을 줄이야……그리고 다른 여자들은…….'

뭐라고 해야 하나…… 이곳은 지금까지 보았던 실험실과는 다르다. 예를 들자면 욕망을 충족시키기 위한 콜렉션 룸 같다고 해야 하나.

지나칠 정도로 장식이 많이 되어 있는 이 방은 그렇게 표현하는 게 딱 맞을 것 같다.

리나 브레릭이 들어 있는 용기 쪽으로 다가가자 그 용기에만 유리에 약간 흠집이 나 있다는 걸 알 수 있었다.

그리고 발치에는 금으로 만든 엠블렘이 박혀 있었다. 하지만 무언가를 써서 깊게 헤집어버렸기에 뭐가 새겨져 있는지 읽을 수가 없었다.

그 부분에서도 다른 곳과는 다른 이질적인 느낌이 들었다. 그리고 무덤에 바치는 것 같은 생화가 그 엠블렘 옆에 있었다. 꽃을 살펴보니 최근에 둔 것 같았다.

아론과 함께 방을 둘러보고 있자니 복도에서 발소리가 천천히 다가와서 멈췄다. 문이 거세게 열렸다.

그곳에는 낯익은 얼굴이 있었다. 그 녀석은 그때와 마찬가지로 밉살스러운 미소를 지으며 말했다.

"이런, 이런, 검성 아론 바르바토스 님 아니십니까. 이런 곳에는 무슨 일로 오셨죠? 저렇게 커다란 구멍을 뚫고 들어오시면 곤란한데요. 검성씩이나 되시는 분이 이렇게 예의를 모르시니 큰일인데요."

그 녀석은 아론에게만 말을 걸었다. 나 따위는 안중에도 없다는 느낌이다. 여전하구나.

"라팔! 이게 뭐냐?!"

내 말을 듣고 그제야 고개를 돌린 라팔이 침을 뱉었다. 보아하니 내가 검성 아론 옆에 있는 게 정말 마음에 들지 않는 모양이었다.

"페이트냐……, 못 본 사이에 엄청 출세했다면서? 들었다, 바르바토스 가문을 이어받았다고. 어떤 방법으로 파고들어서 그 지위를 손에 넣은 거지?"

"너……."

내가 다가서려 하자 아론이 손을 들어 말렸다. 그 모습이 우스웠는지 라팔이 정신 나간 듯이 크게 웃어대는 소리가 방안에 울렸다. 이렇게 넓은 방에서 혼자 웃고 있으니 기분이 나쁘다.

마음껏 웃어서 성이 찼는지 라팔은 경계하는 우리 옆을 지나쳤다.

그리고 리나 브레릭 앞에 멈춰서서 말했다.

"오늘은 기념비적인 날이 될 거다. 지금부터 시작하려 했는데 이미 누군가가 시작해버린 모양이군. 하지만 예정에서 벗어나진 않았다. 어머님께서 돌아가신 오늘 이날, 이 힘으로 이 왕국을."

"라팔……?!"

"그래, 페이트. 네게서도 느껴진다, 같은 힘을. 어떠냐, 손에 넣었지? 무엇이든 할 수 있는 힘을?! 나는 이 힘으로 지금까지 하지 못했던 것을 해낼 것이다. 미리 말해두지만 내가 진짜다. 그것 (하드)과는 다르다고."

라팔의 눈동자 색이 붉게 물들기 시작했다. 나이트 워커의 눈동자가 더욱 진해진 붉은색. 저도 모르게 눈을 돌리고 싶어지는 눈동자였다. 거기에 담겨 있는 것은 증오.

그리고 허공에서 흑창을 꺼내 나와 아론이 있는 쪽을 겨누었다.

"페이트. 다시 교육을 시켜주마."

제16화 피의 대호령

라팔이 들고 있던 흑창에 가장 먼저 반응한 것은 그리드였다.

『이런! 여기는 너무 좁다. 한시라도 빨리 이곳을 벗어나라! 페이트!』

하지만 너무 늦었다.

거리를 벌리려고 했을 때는 이미 흑창의 끄트머리부터 손 근처 자루까지 마치 어딘가 다른 공간에 삼켜져버린 것처럼 사라졌던 것이다.

그 순간, 허공에서 창끝이 나타나 내 오른쪽 머리를 향해 날아들었다.

크윽! 피할 수가 없다.

"내가 있다는 걸 잊으면 곤란하지!"

아론이 그 사이에 성검을 끼워넣어 흑창의 궤도를 바꾸었다.

창끝은 내 볼을 스치고 바닥에 박혔다.

"아론, 고마워요."

"인사는 나중에 해도 된다. 그건 그렇고 이곳은 싸우기가 힘들군."

그렇게 말하자마자 나와 아론은 이 기분 나쁜 콜렉션 룸의 벽을 뚫고 나갔다.

예상했던 대로 바깥에는 괴물이 된 하드가 기다리고 있었다.

"페이트ㅇㅇㅇㅇㅇㅇㅇㅇ."

하드는 내 이름을 부르며 달려들었다.

형태가 바뀌어서 더욱 강해졌다. 하지만 그로 인해 약간이나마 남아있었을지도 모르는 사고능력이 거의 사라져서 전투 방식이 단조로워졌다.

좀 전에는 밀렸지만, 지금이라면 그렇지 않을 것이다.

"와라, 하드. 나는 여기 있다."

"페이트!"

피처럼 붉은 눈을 번뜩이며 나를 노려보고 달려들었다. 상단으로 들어 올린 성검 두 자루를 내 양쪽 어깨에 내리치려 했지만.

"안타깝지만 네 상대는 나다."

나는 그저 미끼일 뿐. 아론은 나만 보고 있던 하드의 목으로 성검을 날려 잘라냈다.

투욱. 기분 나쁜 소리가 지면에서 들렸고, 하드의 머리가 굴러갔다.

머리가 없어진 하드는 쓰러지지도 않고 그 자리에 멈춰 섰다. 하지만 이 위화감은…….

잘라낸 목에서 피가 한 방울도 흐르지 않았기 때문이다. 일반적인 경우라면 화산이 분화하는 것처럼 피가 잔뜩 솟구쳤을 텐데.

"이럴 수가……, 재생 능력이 이 정도로 높다니……."

아론이 그렇게 말할 만도 한 것 같다. 잘라낸 목 윗부분이 재생되고 있었기 때문이다.

땅바닥에는 여전히 하드의 머리가 굴러가고 있는데도 불구하고.

턱이 나타났고, 코와 눈, 그렇게 머리가 재생되어갔다.

하드는 불사신인가……? 저 녀석을 어떻게 해야 쓰러뜨릴 수 있는 거지?

나와 아론이 마주 보고 있자니 뒤쪽 건물—— 우리가 뚫은 구멍 쪽에서 라팔이 천천히 걸어왔다.

"왜 그러지? 겨우 그 정도냐! 실망시키지 말라고, 페이트…… 그리고 검성님."

"하드에게 대체 무슨 짓을 한 거야?"

"뭐, 내 피를 줬을 뿐이다. 누군가에게 잔인하게 살해당했길래 써먹을 수 있을 것 같은 마물의 부위를 써먹은 정도지. 나는 말이지, 페이트. 네가 참 고맙다고."

라팔이 우리 뒤에서 재생 중인 하드를 보며 침을 뱉었다.

"하드를 죽여줘서 고맙다."

"?! ……무슨 소릴 하는 거야? 네 동생이잖아?"

"페이트, 너는 아무것도 몰랐겠지. 하지만 아론 님께서는 알고 계실 걸?"

그 말을 들은 아론은 살짝 한숨을 쉬고 말했다.

"브레릭 가문에는 아이가 생기지 않았고, 싫증이 난 전 당주가 첩에게 낳게 한 게 라팔이다. 바라던 아이를 가지게 된 전 당주는 매우 기뻐했지. 그리고 첩이었던 여자—— 리나와 재혼했다고 들었다."

"그래, 거기까지는 좋았지. 한동안 나와 어머님은 행복한 시간을 보냈어. 하지만 그 남자는 다음 여자를 찾아갔어. 이유가 뭘까? 페이트. 너라면 알 수 있을 텐데."

"……네 어머니가 가지지 못한 자였기 때문이냐."

"정답이야. 그 남자는 어머님의 미모에 끌렸을 뿐이었어. 집으로 데리고 와서는 어머님의 정체가 걸리적거렸던 거지. 아이가 태어나서 안심했는지 그 남자는 좋은 집안 아가씨를 욕심냈다. 그리고 태어난 게 하드와 메밀이지. 그 뒤로는 너희가 본 대로다. 가지지 못한 자인 어머님은 용기 안에 갇혔고, 덜떨어진 피를 절반 이어받은 나는 하드의 보험이다."

"너희는 사이가 좋았던 것 같았는데……."

내가 알고 있던 세 남매는 문지기였던 나를 사이좋게 두들겨 패곤 했다.

그뿐만이 아니라 라팔이 하드와 메밀에게 혐오감을 드러낸 적도 없었던 것 같다. 항상 그 두 사람에게는 잘 이끌어주는 바람직한 형제였을 텐데.

"네 눈은 여전히 옹이구멍이구나. 그러니 록시 하트에 대해서도 눈치채지 못하는 거지. 아무것도 꿰뚫어 보지 못하는 너는 그렇게 주위 사람들에게 휘둘리는 게 어울린다고."

라팔은 흑창을 휘둘러서 공간을 뛰어넘어 공격을 가했다.

뒤쪽인가?!

몸을 비틀어 피했다. 흑창이 옆구리를 스쳤다.

"꽤 괜찮은 반응이군, 칭찬해주마. 몸도 다 풀린 것 같군. 슬슬 시작하지……, 피의 대호령이다. 깨어나라, 나의 권속들이여!"

라팔은 씨익 웃으면서 정체를 알 수 없는 마력을 뿜어냈다. 그제야 뒤쪽에서 재생을 마친 하드가 그것에 반응하여 포효했다.

끙끙대는 소리가 차례차례 들리기 시작했다. 그 목소리가 들린 곳은 내가 침입했던 연구시설이었다.

셀 수 없을 정도로 많은 목소리의 파도가 밀려왔고, 버티지 못한 연구시설의 벽을 뚫고 쏟아져 나왔다.

"저렇게 많이 있었나……."

"푸하하하핫. 어떠냐, 이 정도로 숫자가 많으니 왕도도 금방 함락될 거다. 말도 안 되는 스킬 지상주의는 이제 사라지겠지. 너도 싫었을 텐데? 이런 스킬 지상주의의 세계가. 기뻐해라, 페이트. 너를 괴롭혀왔던 이 세계를 내가 바꾸어주마."

"라팔, 너에게만은 그런 말을 듣고 싶지 않아! 그리고 왕도를 차지한다 해도 너는 가지지 못한 자들을 배려하지 않을 텐데."

"그래. 당연하잖아. 어째서 강한 내가 약한 자를 신경 써줘야만 하지? 나는 스킬 지상주의를 부수고 나 이외는 모두가 종인 세계…… 평등한 세계를 만들 거다."

이렇게 많으니 나와 아론만으로는 막아낼 수가 없는데.

그리고 앞에는 라팔, 뒤에는 하드. 나와 아론이 서로 등을 맞댄 채 노려보고 있자니 그리드가 《독심》 스킬을 통해 말했다.

『라팔이라는 녀석을 관찰하고 있었는데, 저 녀석은 나이트 워커의 시조를 흡수했다. 저 눈의 색은 본 적이 있지. 그리고 저 남자는 말했다. 하드에게 자신의 피를 주었다고. 그렇다면 간단하지. 왕도가 나이트 워커들로 가득 차기 전에 라팔을 죽여라.』

"라팔을 쓰러뜨리면 되는 거야?!"

『그래. 시조를 죽이면 피로 이어져 있는 권속들도 쓰러진다. 미리 말해두지만 라팔을 죽인다 해도 나이트 워커가 된 자는 원래대로 돌아오지 못한다. 재가 될 뿐이야. 그리고 시조가 된 라팔의 혼은 다른 것들과는 달리 아직 열화되지 않았다. 네가 먹어도 괜찾을 거다.』

그거 좋은 소식이네. 하드의 불사신 같은 모습을 보고 어떻게 해야 하나 싶었던 참인데.

목표는 오직 라팔뿐.

나는 흑검을 흑궁으로 변형시켰다. 그리고 아론에게 말했다.

"그리드가 준 정보예요. 라팔이 저 괴물들을 조종하고 있어요."

"그렇군. 이 소동을 멈추기 위해서는 라팔 브레릭을 죽여야만 하는가."

"……네."

아론은 성검에 마력을 더욱 불어넣어 공격력을 높였다.

"그렇다면 하드는 내가 맡으마. 페이트, 너는 라팔이다. 하지만 나이트 워커가 저렇게 많으니 분명히 난전을 벌이게 되겠지."

"알겠습니다. 때와 상황에 따라서는 교대하죠."

"알면 됐다. 가지."

흑궁의 활시위를 당겨 라팔을 향해 마력 화살을 날린 것을 신호로 맞대고 있던 등을 떼었다.

오랜 시간 동안 나와 악연을 맺어왔던 브레릭 가문과의 싸움이 시작된 것이다.

제17화 허식의 흑창

라팔은 내가 날린 마력 화살을 흑창으로 쉽사리 뚫어버렸다. 단순한 공격은 녀석에게 통하지 않는다.

연구시설에서 나온 나이트 워커들의 숫자도 늘어나고 있다. 불사신이 된 하드를 아론이 막아내면서 계속 늘어나고 있는 나이트 워커를 상대하고 있었다.

그렇게 등을 돌리고 있던 아론을 라팔이 돌아보았다. 이런, 나를 상대하는 척하면서 공간을 뛰어넘는 흑창으로 아론을 찌를 셈이다.

재빨리 흑궁을 겨눈 내게 그리드가 빠르게 말했다.

『마력 화살에 모래먼지 마법을 부가해서 흑창의 끄트머리를 노려라!』

그리드가 한 말대로 마력 화살에 모래먼지 마법을 부가해서 날렸다. 토속성이 깃들어서 갈색으로 변한 마력 화살은 라팔이 들고 있던 흑창의 끄트머리를 향해 일직선으로 날아갔다.

라팔이 그것을 눈치채고 짜증난다는 듯이 흑창으로 튕겨냈다. 그리고 곧바로 흑창을 이용해 공간을 넘어서 공격하려 했지만.

"뭐지?!"

토속성 마법으로 인해 창끝에 달라붙은 모래와 돌이 공간 도약에 간섭한 것이다.

그것을 본 내가 그리드에게 말했다.

"좋은 방법을 알고 있으면 가르쳐달라고."

『미안하군. 이 몸도 저 흑창을 잘 알고 있는 건 아니다. 예전에 봤던 모습에서 꽤 많이 변해서 확실한 증거가 없었거든. 저 공간 도약 능력을 보니 틀림없이 대죄무기 프로토타입인 배니티일 거다.』

"프로토타입?!"

『그래, 저것에는 우리들 같은 마음(안전장치)이 없다. 보다 강한 힘을 발휘할 수 있게끔 사용자의 목숨을 계속 빨아들이지.』

라팔은 짜증난다는 듯이 혀를 찼다. 그리고 창끝을 지면에 내려쳐서 그 충격으로 부착되어 있던 돌을 떼어내기 시작했다.

그렇게 흑창을 들고 있던 손에서 피가 계속 흐르고 있었다.

"빨아들인다니, 사용자의 피를?"

『그렇다. 피를 계속 빨아들이면서 그 생명 에너지로 공간 도약 공격을 가하는 거지. 평범한 사람이라면 눈 깜짝할 새에 피가 다 떨어져서 미이라가 될 거다.』

"피를 빨려도 멀쩡한 건 라팔이 나이트 워커 시조의 힘을 얻었기 때문이고……."

『그렇지. 저 녀석도 하드와 마찬가지로 불사신일 거다. 자, 어떻게 할 거냐? 페이트.』

"싸울 수밖에 없잖아!"

『그렇게 나오셔야지.』

공간 도약 공격을 일시적으로나마 막은 지금이 기회이기에 라팔에게 다가가려 했지만 쏟아져 나온 나이트 워커들이 내 앞을 가로막았다. 아마 라팔이 조종해서 나이트 워커들을 이동시켰을 것이다.

흑궁을 흑검으로 되돌리고 그 녀석들의 물어뜯기 공격을 피했다. 때로는 다리를 베어서 행동력을 빼앗으며 앞으로 나아갔다. 그리고 나이트 워커 무리 너머로 고개를 내밀자 라팔의 흑창이 눈앞에 나타났다.

재빨리 흑검으로 막아냈다.

"잔머리를 굴리는 군 그래."

"꽤 깔끔해졌군. 그런데 직접 온 걸 보니 아직 못 쓰는 건가?"

"페이트 주제에……, 말재주가 늘었구나. 얼마 전까지 내게 얼굴을 밟히면서 목숨을 구걸하던 녀석이 말이야."

내가 든 흑검과 라팔이 든 흑창이 맞부딪혔다. 서로 무기를 맞대며 밀어내려 했다.

이렇게 움직이지 못하는 상황에서는 내가 불리하다. 왜냐하면 주위에 있는 나이트 워커들이 나를 노리면서 다가오고 있기 때문이다.

그리드는 내게 충고했다. 물리면 강력한 저주로 인해 E의 영역조차 뛰어넘어서 대미지를 입게 되어버린다. 다시 말해 나도 나이트 워커, 라팔의 종이 되는 것이다.

라팔이 내게 집착하는 듯이 흑창을 휘두르는 이유는 아마 나를 자신의 종으로 삼기 위해서일 것이다.

내가 알고 있는 것만 해도 왕도에는 적어도 E의 영역에 도달한 자가 두 명 있다. 임금님의 측근, 갑주로 얼굴까지 가리고 있는 백기사들이다.

그 백기사들을 거느리고 있는 임금님도 범상치 않을 테고.

라팔이 우리에게 말했듯이 왕도를 제압하기 위해서는 나와 아론을 손에 넣고 싶을 것이다.

"물러날 곳이 없구나, 페이트."

신이 난다는 표저으로 더욱 힘을 주며 흑창을 밀어대는 라팔.

뒤쪽에서 들리는 나이트 워커들의 울음소리.

하지만 나는 라팔과 맞서면서 안심하고 있었다.

"나는 너처럼 혼자서 싸우는 게 아니거든."

"뭐라고!"

내 뒤쪽에서 나이트 워커들이 찢겨나가는 소리가 들렸다.

그 순간, 내 이름을 부르는 목소리가 들렸다.

"페이트!"

그 목소리에 대답하려는 듯이 뒤쪽에 있던 아론을 본 틈을 타서 흑창을 흘렸다. 그리고 라팔의 머리 옆쪽에 격투 스킬의 아츠, 《촌경》을 때려넣었다.

요란하게 흩어지는 육편. 나는 곧바로 뒤쪽으로 물러나 아론과 교대했다.

그의 뒤에는 변해버린 하드가 검은 날개를 퍼덕이며 쫓아오고 있었다. 아니, 하드는 처음부터 나를 노렸고, 아론이 막아주고 있었을 뿐이다.

마침 아론이 내가 있는 곳으로 왔기에 쫓아오는 형태가 되었을 것이다.

"오래 기다렸지? 하드."

"페이트ㅇㅇㅇㅇㅇㅇㅇㅇㅇㅇㅇ!"

나는 폭식 스킬의 힘을 반 기아 상태까지 해방시켰다. 아마 오른쪽 눈은 꺼림칙할 정도로 새빨갛게 물들었을 것이다.

머리를 잘라내도 죽지 않는 하드. 사람의 마음은 이미 사라진 상태이고, E의 영역에 도달해버렸기에 붕괴해버린 괴물.

"이거라면 어떨까!"

날아드는 하드의 성검 두 자루. 한 자루는 피했지만, 다른 한 자루는 왼쪽 어깨를 베었다. 하지만 나는 이 정도로 멈추지 않는다.

피하면서 상단으로 들어 올린 흑검을 하드의 머리부터 하반신까지 갈랐다.

양쪽으로 절반씩 나누어진 하드는 땅바닥을 굴러가 근처 시설의 벽에 격돌했다.

숨을 헐떡이고 있던 내 뒤에서는 아론이 머리가 사라진 라팔의 가슴을 성검으로 찌르고 있었다. 저 위치는 심장이다.

곧바로 성검을 비틀고는 소리쳤다.

"그랜드 크로스!!"

아론이 지금까지 계속 모아온 성스러운 힘이 단숨에 해방되어 늦은 밤인데도 불구하고 주위가 대낮처럼 환해졌다. 눈부신 빛 안에서 아론이 자신의 마력을 더욱 불어넣었다.

성검이 꽂힌 채 몸 내부에서 성검 스킬의 아츠인 《그랜드 크로스》를 맞은 것이다.

저렇게 강력한 공격을 맞는다면 나도 살아남을 수 없을 것이다.

빛이 사그라들었을 때, 라팔의 가슴에는 커다란 구멍이 뚫려 있었다. 그곳 너머로 보이는 경치—— 싸움으로 인해 폐허가 된 군사구가 이상한 모습이었다.

싸늘한 바람이 불어왔다. 그리고 하늘에서는 눈이 조금씩 내리기 시작하고 있었다.

라팔과 맞서고 있던 아론은 왠지 슬픈 듯이 말했다.

"그런 상태로도 멈추지 않는 거냐, 라팔 브레릭."

"피가 부족하다. 피를 더 내놔라. 이게 검성의 진짜 실력인 가……, 웃기는군."

"큭……, 크헉."

아론은 성검을 놓고 땅바닥에 쓰러졌다. 옆구리에 공간 도약한 흑창이 깊게 꽂혀 있었다.

"내 종이 되면 그 아픔도 곧바로 사라질 거다. 당신이 짊어진 책무로부터도 해방시켜주지. 이제 편해져라, 검성이여."

그리고 라팔이 아론의 목덜미를 물어뜯기 위해 입을 가져다 댔다.

"내버려둘 리가 없잖아! 라팔!"

흑검을 세게 쥐고 칼끝으로 라팔의 입을 노렸다.

하지만 라팔은 믿기지 않을 정도로 강한 힘으로 흑검을 물어서 내 검을 막아냈다.

그 입에서는 지나치게 커진 송곳니가 보였다.

제18화 피의 갈증

나는 아랑곳하지 않고 물린 흑검을 밀어내 라팔을 단숨에 뒤쪽으로 끌고 갔다.

그대로 연구시설의 외벽에 부딪히게 만든 뒤 아론 곁으로 물러났다.

"아론, 상처는 어때요?"

"괜찮다. 그런데 피를 좀 흘려버린 것 같군."

상처는 스테이터스 덕분에 아물고 있다.

지면에는 지금까지 너무 많이 흘려버린 피가 퍼져나가고 있었다. 내가 보기에도 아론의 안색은 좋지 않은 것 같았다.

그럼에도 불구하고 그는 일어섰다. 그리고 라팔이 있는 방향을 보았다.

무너진 외벽. 그 아래에 쌓여 있던 잔해를 날려버리고 라팔이 나타났다. 아론과 내가 입힌 상처는 이미 나았다. 머리 일부가 사라지고 가슴에 그렇게 커다란 구멍이 뚫렸는데도 불구하고.

불사신, 이제 인간이 아닌가……. 인간의 급소―― 잃으면 즉사하게 되는 머리와 심장에 공격을 가해도 움직이는 사람의 탈을 쓴 괴물. 그런 라팔에게 아론이 말했다.

"리나 브레릭이 과연 그렇게 되는 걸 원했을까?"

"시끄럽다, 닥쳐라."

"만약 내 친아들이 그런 걸 원했다면 슬펐겠지, 라팔."

"닥치라고 했잖아! 크윽."

갑자기 라팔이 무릎을 꿇었다. 그리고 숨을 헐떡이며 무언가를 견뎌내고 있는 것 같았다.

저 느낌은 나와 비슷하다. 폭식 스킬이 생물의 혼을 먹고 싶다며 내게 호소하는…… 기아와 비슷한 것 같았다.

나는 가리아에서 하니엘을 먹었을 때 루나의 힘을 얻었다. 그녀가 폭식 스킬을 억눌러주고 있는 덕분에 지금은 마물의 혼을 조금 먹는 것만으로도 균형을 잡을 수 있다.

하지만 그것은 반 기아 상태까지만 해당된다. 만약 폭식 스킬의 모든 힘을 끌어내버리면 가리아에서 천룡과 싸웠을 때처럼 돌아올 수 없게 되어버린다.

록시 님이 그렇게까지 하면서 구해준 목숨이다. 이제 그 힘은 쓰지 않을 거라고 결심했다.

그리고 진짜 기아 상태에 이르게 되면 폭식 스킬은 틀림없이 그녀를…… 원할 것이다.

루나는 록시 님을 기둥이라고 표현했다. 만약 폭식 스킬을 치료하기 위한 거라면 생각하기만 해도 무섭다.

그리고 눈앞에 있는 라팔에게서도 스스로 억누를 수 없는 충동이 느껴진다.

"빌어먹을, 하필이면 이럴 때 또…… 치잇."

라팔은 욕설을 내뱉으며 혀를 찼다. 무언가에 저항하는 듯이 자신의 머리카락을 쥐어뜯었다.

그리고 허벅지에 묶어두었던 케이스에서 길쭉한 유리병 두 개를 꺼냈다. 그 안에는 붉은 액체가 들어 있었고, 그것을 단숨에 마셔버렸다.

"이것만으로는 부족한가."

라팔에게 이변이 생기자 나이트 워커들도 규율이 흐트러지기 시작했다. 어느새 소동이 일어났다는 것을 알아채고 달려온 기사들과 병사들이 멀리서 응전하기 시작하고 있었다.

그중에는 왕 직할인 백기사 두 명도 있었다.

아론을 바라보자 그도 고개를 끄덕이며 말했다.

"이제야 왕명이 전달되어서 움직이는 모양이군."

"저렇게 움직임이 굼뜬 나이트 워커라면 맡겨두어도 괜찮을 것 같네요."

"그렇지, 이제 남은 건."

아론은 다시 라팔을 보았다.

"라팔, 그 힘은 네 분수에 맞지 않는 힘이다. 강한 힘에는 대가가 따르는 법이지. 그리고 마찬가지로 책임도 생긴다. 하지만 너는 그 힘과 마주 보려 하지 않아. 내가 알고 있는 사람은 그 힘을 두려워하면서도 마주 보고 앞으로 나아가려 하고 있다."

"무슨 소릴 하는 거냐! 저 녀석도 나를 미워하면서 힘을 욕심냈을 텐데. 그렇게 생각하게끔 계속 쓴맛을 보여줬으니까. 이봐, 페이트…… 내가 밉지?"

라팔은 나를 도발했다. 아론이 그것을 가로막으려는 듯이 계속 말했다.

"너희에게 무슨 일이 있었는지는 모른다. 라팔이 한 말이 맞을 수도 있겠지. 하지만 처음에는 그랬다 해도, 하우젠에서 나와 만났던 페이트의 눈에는 그런 기운이 없었다."

내 어깨에 손을 얹은 아론이 힘차게 고개를 끄덕였다.

그 말에 대답하는 듯이 나는 지금 할 수 있는 말을 전했다.

"라팔, 너는 불쌍한 녀석이야."

"그만둬라. 너에게만은 그런 소릴 듣고 싶지 않아. 하드를 죽였을 때를 떠올리라고. 그 증오를!"

"그때의 나를 부정하진 않겠어. 하지만 그렇다고 해서 언제까지나 계속 그대로 있을 수는 없지."

흑검으로 라팔을 겨누며 다가섰다. 아무리 불사신이라 해도 이변이 생겨서 힘이 약해졌다면 붙잡는 것도 가능하다.

두 동강 난 하드는 아직 재생 중이고, 원래대로 돌아오지는 못했다. 주인인 라팔의 힘이 약해졌다는 증거이기도 하다.

예상했던 대로 라팔은 흑창의 공간 도약 공격을 하지 못했고, 그 틈을 타서 내가 품에 파고들었다.

"네게는 묻고 싶은 게 있어. 어디서 그 힘을 손에 넣은 거지? 그리고 흑창도."

"물어보면 어쩔 건데? 내가 그걸 정직하게 대답할 것 같으냐?"

"그렇다면 말을 하게 만들어야겠지."

조금씩, 조금씩, 흑검을 밀어붙여 라팔의 왼쪽 어깨에 파고들게 만들었다.

라팔은 살짝 괴로운 표정을 지으며 이를 악물었다.

불사신이라 해도 아픔은 느끼는 모양이었다. 그렇다면 내가 머리를 날리고 아론이 가슴에 큰 구멍을 뚫었을 때 느낀 고통은 상상을 초월했을 것이다.

너……, 그렇게까지.

그런 생각을 해버린 내 눈을 라팔이 노려보았다.

"하드, 이 덜 떨어진 녀석! 내 명령을 들어라! 움직이라고!"

재생 중이던 하드가 어설프게 붙은 몸으로 등에 달린 검은 날개를 움직여 날아올랐다.

아론이 곧바로 하드에게 공격을 가했다. 하지만 한쪽 날개만을 잘라냈을 뿐이었다.

하드는 날아오른 기세를 살려 나와 라팔이 맞서고 있는 곳으로 달려들었다.

나는 견디지 못하고 뒤로 물러나 하드를 피했다.

그리고 하드는 나와 라팔 사이에 끼어드는 듯이 막아섰다.

"하하하, 가끔은 쓸만한 것 같군."

라팔은 하드를 방패로 삼으며 외벽의 구멍이 뚫린 곳을 통해 연구시설로 들어갔다.

그곳은 내가 처음에 몰래 들어갔던 브레릭 가문의 연구시설이었다.

"방해하지 마라, 하드."

부러진 성검을 휘두르며 내 앞을 막아서려 했다.

아직 머리가 갈라진 상태라 나를 제대로 보는 것도 힘든 모양이다.

덕분에 쉽게 배를 베어 위아래로 나누었다.

나는 죽지 못하는 하드를 날려보냈다. 그 상태로도 조금이나마 재생하려 했다.

뒤에서 아론의 목소리가 들렸다.

"하드와 나이트 워커는 내게 맡기고 라팔을 쫓아가거라. 너를 위해서라도 결판을 내렴."

"네, 아론도 무리하지 마시고요."

아론의 상처는 완전히 아문 것 같았지만 피를 많이 흘렸다. 원래라면 안정을 취하는 게 나을 것이다. 하지만 아론은 싸움터에서 그렇게 약한 소리를 하지 않는 사람이다. 지금은 그 호의를 받아들이기로 했다.

라팔을 따라서 건물 안으로 들어갔다.

어디로 간 거지? 위쪽인가……, 아니면 지하?

"꺄아아아악……."

내가 하드에게 맞아서 날아갔을 때 뚫린 구멍에서 소리가 들렸다. 이 구멍은 지하로 이어져 있었다.

방금 들은 비명이 라팔에게 습격당한 사람의 비명이라면……, 그 녀석이 있는 곳은 지하다.

나이트 워커를 연구하던 곳도 지하였다. 그 녀석에게 필요한 것이 거기에 있을 가능성이 크다.

그리고 방금 들은 목소리는 들어본 적이 있다. 그렇다, 라팔의 여동생인 메밀이다.

하드에게 맞아서 날아가기 전까지 나는 메밀을 안고 있었다. 라팔이 여기로 내려와서 메밀을 발견한 건지도 모르겠다.

여동생에게 손을 댄 건가……. 기분 나쁜 예감만 든다.

나도 모르게 자루를 세게 쥐어버렸는지, 그리드가 《독심》 스킬을 통해 말했다.

『이봐, 이봐. 여기까지 왔는데 안 갈 거냐?』

"지금 뛰어내리려던 참이야. 저기, 라팔이 대죄 스킬 보유자가 된 걸까?"

　나는 구멍 안으로 뛰어내리며 그리드에게 물었다.

　『그건 보유자인 네가 가장 잘 알 것 같다만.』

　"뭐라고 해야 하나, 비슷한 것 같은데 달라. 이상한 느낌이라고."

　『페이트 치고는 꽤 괜찮은 대답을 할 수 있게 되었군그래.』

　"그게 무슨 소리야!"

　『이제 곧 알 수 있을지도 모르겠군.』

　하드를 발견했던 곳. 거대한 유리 케이스 여러 개 안에 붉은 용액이 가득 차 있고 여러 생물들이 들어 있던 방이 보였다.

제19화 붕괴 현상

내가 내려온 숨겨진 연구실. 늘어서 있던 커다란 유리 용기는 무참히 깨졌고, 안에 보존되어 있던 생물들이 바닥에 널부러져 있었다.

흘러내린 붉은 용액이 바닥에 천천히 퍼져나가고 있다.

그렇게 어둑어둑한 방 안쪽에서 메밀의 신음소리가 들렸다.

그녀는 깨어날 기미를 보이지 않았다. 그런데 지금은 괴로운 듯한 목소리를 내며 라팔에게 묻고 있었다.

"오라버니…… 어째서죠? 어째서 이런 짓을."

하지만 그 녀석은 아무런 대답도 하지 않았다.

그리고 무언가를 빨아대는 소리만 들렸다.

그곳으로 가지 마라, 보면 안 된다. 그런 경고가 마음속에서 울려 퍼졌다.

붉은 용액 거품이 피어오르는 와중에 나아간 곳에서 본 것은 예상했던 것과 완전히 똑같아서 슬퍼졌다.

라팔이 메밀의 목덜미에서 흐르는 피를 빨고 있었던 것이다.

라팔은 내게서 도망칠 때 피가 부족하다고 했었다. 역시 힘을 행사하려면 정기적으로 피를 섭취할 필요가 있는 것 같다.

게다가 바깥에 병사들과 성기사들이 있는데도 불구하고 메밀의 피를 찾아 여기까지 왔다. 그런 걸 감안하면 단순한 피가 아니라 특정한 피를 섭취해야 하는 것 같다.

그게 메밀이다. 그래서 이 연구시설에 감금하고 정기적으로 채혈을 하고 있었던 모양이다. 내가 발견했을 때는 피를 많이 뽑힌 뒤라 의식을 잃었던 건지도 모르겠다.

그리고 지금 겨우 깨어났지만, 라팔에게 또 피를 빼앗기고 있었다. 메밀을 보아하니 저 녀석이 어째서 그런 짓을 하는 건지 전혀 알지 못하는 것 같았다.

라팔은 메밀의 피를 만족할 만큼 빨아들이고는 방구석으로 밀쳐버렸다.

"보충 완료다. 잔뜩 마셨다고. 봐라, 또 힘이 솟구친다. 아니, 그 이상이야."

눈동자는 새빨간 색으로 물들어 있다. 그것뿐만이 아니라 근육이 커져서 옷이 찢어질 정도로 부풀어 있었다.

나는 힘에 취한 라팔에게 흑검을 겨누며 말했다.

"라팔, 메밀은 네 여동생이잖아."

"여동생? 설마, 나는 그렇게 생각한 적이 없다. 뭐, 나를 잘 따르길래 시간을 때울 겸 상대해주었을 뿐이다…… 바보 같은 여자라니까. 어머님을 쫓아낸 여자의 딸을 여동생이라고 인정할 거 같으냐! 지금은 이 힘을 유지하기 위한 도구에 불과하지. 하하하 하핫."

메밀은 의식이 흐려지는 가운데 그 말을 들었는지, 조용히 눈물을 흘리고 있었다.

라팔은 그런 메밀을 보고 배를 잡으며 웃어댔다.

"정말 바보 같은 여자야. 내가 철이 들었을 때부터 다른 사람들을 깔보게끔 가르쳐주니 진짜로 그걸 배우더군. 웃음이 나올 정도로 아버지와 똑같이 하찮은 인간으로 자라났어. 페이트, 너도 그렇게 생각하지? 너를 툭하면 벌레 취급하곤 했으니까."

"……라팔…… 너…… 적당히 좀 해라."

메밀은 피를 잃어서 완전히 기절한 상태였다. 목덜미에 난 상처는 베인 것 같은 느낌이었고, 그곳에서 흐르던 피도 멈춘 상태였다.

라팔이 깨물어서 피를 빨지 않은 이유는 나이트 워커로 변해버리면 피를 섭취할 수 없기 때문일 것이다.

"자, 2회전을 벌여보자고."

라팔은 그렇게 말하자마자 흑창을 휘두르며 달려들었다.

다시 맞부딪히는 흑검과 흑창. 이번에는 팽팽했다.

반 기아 상태까지 이끌어낸 내 힘과 비슷하다는 뜻이다.

"왜 그러지? 페이트. 네 힘은 겨우 그 정도냐?"

"크윽……."

서로 동시에 힘을 밀어넣자 크게 반발해서 거리가 벌어져버렸다.

라팔이 씨익 웃으며 나를 향해 흑창을 찔렀다.

곧바로 그리드가 《독심》 스킬을 통해 경고했다.

『공간 도약이 온다. 게다가 이 느낌은 다단 공격이야!』

"뭐라고?"

나는 공간 도약으로 사각을 찌를 거라 생각하고 있었지만, 그 공격은 예상을 뛰어넘은 공격이었다.

생각했던 대로 첫 번째 공격은 내 오른쪽 뒤에서 날아들었다. 하지만 라팔은 내가 이동할 방향을 예측하고 순식간에 다시 공간 도약 공격을 가한 것이다.

그리드가 미리 경고했는데도 불구하고 그 공격을…… 피할 수 없었다.

왼쪽 옆구리에 흑창이 깊게 박혔다.

"꽤 하는구나, 페이트. 심장을 노렸는데 몸을 비틀어서 피한 건가? 하지만 맞았군. 어떠냐, 아프냐? 아프지? 예전 생각이 나지 않아?"

"커헉……."

라팔은 흑창을 꾹꾹 눌러댔다.

머리가 저리는 듯한 통증이 몸을 가로질렀다. 하지만 이제 공간 도약 공격은 할 수 없을 것이다.

왼쪽 옆구리에 박힌 흑창 자루를 쥐고 모래먼지 마법을 발동시켰다.

"느긋하게 꽂아두고 있다니, 얼간이구나…… 라팔."

"너……, 놔라!"

"그렇게 말한다고 놓는 녀석이 어디 있겠어."

흑궁에 모래먼지 마법을 부가해서 마력 화살을 날렸을 때 알게 되었다. 흑창에 마력 간섭하는 이물질이 부착되면 공간 도약을 할 수 없게 된다.

내가 잡고 있던 흑창 자루부터 석화가 시작되었고, 공간을 넘어서 라팔이 잡고 있는 위치까지 뻗어갔다.

"라팔!!"

나는 마력을 끌어올렸다. 석화는 멈추지 않고 라팔의 손가락, 손바닥, 팔까지 올라간 상태였다.

그 타이밍을 노리고 옆구리에 박혀 있던 흑창을 뽑아냈다. 곧바로 있는 힘껏 옆으로 잡아당겼다.

돌이 깨지는 소리가 들리며 라팔의 두 손이 부서져서 떨어졌다.

"끄아아아아아악."

주인의 손에서 떨어진 흑창은 일그러진 공간을 뚫고 내가 있는 곳으로 왔다.

옆구리에 난 상처는《자동 회복 부스트》와《자동 회복》이 발동되어 바로 낫기 시작했다.

『배니티를 오래 들고 있지 마라. 자칫 하다간 들고 있기만 해도 피를 빨리게 될 거다.』

"알았어. 내 파트너는 너뿐이니까."

『페이트 주제에 뭘 아는군그래!』

나는 흑창 배니티를 바닥에 꽂고 라팔에게 달려들었다.

"흑창을 잃었으니 이제 승산은 없을 거다. 포기해."

"무슨 소릴 하는 거냐. 힘은 너와 비슷한데. 이제부터야."

라팔은 잃은 팔을 재생시키고 나를 노려보았다.

흑창 배니티를 잃었으니 이제 나를 당해낼 수는 없다.

그리드는 이 흑창이 예전과 모습이 달라졌다고 했다. 만약 그렇다면 라팔은 흑창의 원래 힘을 끌어내지 못한 것이다.

원래 힘이 어떤 건지는 모르겠다. 하지만 그 공간 도약이 일반적인 공격이고 그리드나 다른 대죄무기처럼 오의가 있다면 이렇게 간단히 빼앗을 수는 없었을 것이다.

나이트 워커 시조의 힘과 흑창 배니티는 어디서 찾아낸 걸까. 라팔이 가지고 있던 힘이 아니었기에 제대로 다루지 못하고 궁지에 몰리게 된 것 같다는 느낌이 들었다.

아론이 말했던 것처럼 라팔이 다루기에는 벅찬 힘이었는지도 모르겠다.

"다시 말하지. 네 패배다."

"내가 말하고 있잖아아, 아아아아아아아악…… 아악."

"라팔?"

갑자기 톱니바퀴가 고장난 것처럼 같은 말만 반복했다.

"잠깐, 아직 싸울 수 있어. 약속하고 다르잖아. 내게 시간을 더 줘……."

그렇게 혼잣말을 한 뒤 의식을 잃었는지 머리만 축 늘어졌다.

고개를 들자 다른 사람 같은 표정을 짓고 있었다. 마치 재미있는 것을 발견한 아이 같은 표정이었다.

"라팔 브레릭에게는 실망했어. 조금 더 즐길 수 있을 거라 생각했는데, 아쉽군. 모처럼 힘을 빌려줬는데 말이야. 안 그래? 폭식 군하고 그리드 군."

뭐지? 갑자기 어떻게 된 거야?! 라팔은 나를 폭식 군이라고 부르지 않는다.

"뭐, 됐어. 몸을 재생하기 위한 밑거름으로서의 가치는 있었으니까. 복수심으로 가득 찬 몸은 어느 시대라 해도 맛있단 말이지. 하지만 완전히 재생되려면 아직 부족한가? 그렇다면 그때까지 밑거름으로서 노력한 그의 소원 정도는 이루어줘도 되겠지."

그는 전혀 라팔 같지 않은 미소를 지으며 계속 말했다.

"폭식 군, 네가 막을 수 있을까? 우선은 이거다!"

그리고 정체를 알 수 없는 압박감이 나를 덮쳤다. 그리드가《독심》스킬을 통해 말했다.

『서둘러 여기를 떠나라!』

라팔이 주위 일대를 날려버릴 수 있을 것 같은 마력을 모으기 시작한 것이다.

흑창을 그대로 내버려둘 수는 없다. 회수해서 이곳을 떠나려 했을 때, 쓰러진 메밀이 보였다.

『어서 가라.』

"그래, 나도 알고는 있는데."

『너도 참······.』

메밀을 안아들고 지하에서 단숨에 뛰어올라가 연구시설 바깥으로 뛰쳐나왔다.

그와 동시에 연구시설이 흔적도 없이 날아갔다. 잔해는 하늘 높게 떠올라서 구름과 뒤섞인 뒤 왕도 전체로 쏟아져 내렸다.

군사구는 말할 것도 없고, 다른 구역에서도 비명이 울려 퍼졌다.

나를 본 아론이 다가와서 물었다.

"대체 무슨 일이 있었던 거냐. 그 아가씨는 메밀이군. 라팔은 어떻게 되었지? 여기 있던 하드와 다른 나이트 워커들은 모래가 되어 사라져버렸다. 나는 네가 라팔을 쓰러뜨린 줄 알았다 만······."

"그게······."

나는 연구시설이 있던 곳 하늘 위에서 마물로 보이는 그림자를 발견했다.

E의 영역에 도달하고 마음을 잃은 자는 붕괴 현상으로 인해 괴물이 되어버린다.

그렇다면 저게 라팔이었던 것── 그 안에 있는 다른 누군가인가?

나는 통할지 어떨지 모르겠지만 《감정》 스킬을 발동시켰다.

[피로 물든 날개를 지닌 자]

언데드 아크 데몬 Lv???

체력 : 6 · 1E(+8)

근력 : 6 · 3E(+8)

마력 : 9 · 3E(+8)

정신 : 9 · 9E(+8)

민첩 : 7 · 2E(+8)

스킬 : 성검기, 근력 강화 (대), 암흑 마법, 정신통일

싸늘하고 푸른 피부. 이마에는 긴 뿔 두 개가 돋아나 있다. 그리고 등에는 칠흑 같은 날개가 네 개.

하드가 괴물이 되었을 때보다 세련된 느낌이다.

레벨은 보이지 않는다.

고유명칭을 지닌 마물——관마물이다.

스테이터스는 나보다 높다. 스킬로 성검기와 근력 강화 (대)가 있어서 왠지 라팔이었던 자취가 남아 있는 것 같았다.

제20화 색욕의 참전

언데드 아크 데몬이 가지고 있는 처음 보는 스킬 두 가지도 《감정》해보았다.

암흑 마법 : 이공간에서 암흑 물질을 소환한다.
정신통일 : 일정 시간 동안 기술 계열, 마법 계열 스킬의 위력을 다섯 배로 강화시킨다.

암흑 마법의 설명에 나온 암흑 물질이라는 게 뭐지? 방금 연구 시설을 날려버린 힘일지도 모르겠다.

그렇게 예상하고 있자니 그리드가 《독심》 스킬을 통해 맞장구를 쳤다.

『페이트, 네가 생각하는 게 맞을 거다. 암흑 물질은 이 세계에서 매우 불안정한 물질이다. 형태를 유지할 수 없게 되어 사라져버리지. 그때 믿기지 않을 정도로 큰 에너지를 뿜어낸다.』

"그렇다면 방금 그 공격을 날릴 때 정신통일 스킬을 썼는지 신경 쓰이는데."

마법의 위력을 강화시키는 위협적인 스킬, 정신통일. 문제는 그 공격을 날릴 때 썼는지 여부다.

만약 썼다면 저 관마물이 그보다 강한 광역 공격을 하지 않을 것이다.

하지만 정신통일 스킬을 사용하지 않았다면 방금 일어난 폭발의 다섯 배나 되는 위력을 지닌 마법을 사용할 수 있다는 뜻이다.

그런 마법을 연달아 써버리면 왕도가 사라져버린다 해도 이상하지 않다.

내가 가지고 있는 강완 스킬이 있다. 이것은 일정 시간 동안 스테이터스 중 근력을 2배로 만들어주는 스킬이다. 꽤 강력한 스킬이지만, 그 대가로 사용한 뒤에는 반동 때문에 근력이 10분의 1로 줄어들어버린다. 그리고 회복되려면 하루가 걸린다.

일시적으로 스테이터스 또는 스킬 효과를 상승시켜주는 것은 대가가 필요한 줄 알았는데 정신통일 스킬은 그렇지 않은 모양이다.

그런 대가가 있다면 스테이터스가 대폭 떨어질 테니 알아볼 수 있을 텐데……

『뭐, 확실한 증거는 없다만……. 저 관마물은 쓰지 않았을 거다.』

"라팔, 그 안에 지금 들어 있는 녀석이 말했잖아. 라팔의 소원을 이루어주겠다고."

그렇게 자신만만하게 말했는데 그 공격만으로 끝낼 리가 없다.

하늘 위에 떠 있는 언데드 아크 데몬은 여전히 눈을 감은 채 침묵하고 있었다.

곁눈질로 아론을 보았다. 지친 상태라 지금도 숨을 헐떡이고 있었다. 본인도 알고 있는 것 같다. 나와 마찬가지로 감정 스킬을 가지고 있는데다 오랜 세월 동안 쌓은 경험으로 지금이 얼마나 위기인지 알고 있는 것 같다.

"나는 여기까지인 것 같군. 이런 상태로 함께 싸워봤자 발목을 잡기만 하겠지. 페이트, 메밀을 이리 다오."

"네, 부탁드립니다."

내가 안고 있었던 메밀을 아론에게 넘겼다. 그는 그녀를 부드럽게 받아들고는 상태가 어떠냐고 물었다.

"피를 많이 잃었어요. 안정을 취하게 해주세요."

"알겠다. 하지만 저게 날뛴다면 저택 쪽으로 데리고 갈 수도 없겠지. 나는 최대한 주민들을 많이 이끌고 홉고블린의 숲으로 피하도록 하마. 스테이터스가 저 정도이니…… 더 멀리 가야 할지도 모르겠구나."

아론은 벌레를 씹는 듯한 표정으로 그렇게 말했다.

그때 뒤에서 목소리가 들렸다.

돌아보니 백기사들이 달려오고 있었다.

두 사람 사이에 낀 채 다가온 가슴이 크고 머리카락이 파란 여자를 보고 나는 정색하는 표정을 지었다.

"오래 기다리게 했네, 페이트. 그래도 아슬아슬하게 세이프인가?"

"너무 늦었잖아. 저거, 저걸 어떻게 하지 않으면 왕도는 끝장이라고! 에리스!"

그러자 백기사들이 내게 창을 겨누었다!

"그는 상관없어. 창을 내리도록. 페이트, 하고 싶은 말이 이것저것 많겠지만 매우 위험한 상황이니까 자세한 이야기는 나중에 하자. 아론 바르바토스도 알겠죠? 당신의 보고, 고맙게 받았습니다."

아론은 갑작스럽게 에리스가 나타나자 수상쩍어했지만 뭔가 짐작가는 게 있는지 깜짝 놀란 표정을 지으며 고개를 끄덕였다.

"아론은 이해가 빨라서 다행이야. 페이트, 사실 말이지…… 내가 이 나라의 왕이야."

"뭐?! 젠장, 왜 비밀로 한 건데! 나중에 반드시 따져야겠어."

그리고 에리스가 들고 있는 검은 무기―― 흑총검을 보니 등골이 오싹해질 것 같은 기억이 되살아났지만, 그것도 지금은 넘어가도록 하자. 그래도 엔비가 함께 싸워준다니 더할 나위 없이 든든하다.

그래도 내가 바르바토스 가문의 당주로서 임금님을 알현했을 때는 누구였는지 신경 쓰인다.

"엔비가 처음에 고집을 피웠거든. 보아하니 가리아에서 네게 져버린 게 꽤 충격적이었던 모양이야."

"그렇구나……, 지금은 뭐라고 하는데?"

"이제 마음대로 하라네. 자기는 패배자라고."

그녀는 씨익 웃으며 칼집에 들어 있던 엔비를 쓰다듬었다. 왠지 엄청나게 싫어하는 것 같다는 느낌이 든다.

"이야기는 이쯤 해둘까. 너희는 왕도 백성들을 대피시키도록! 상대는 천룡을 훨씬 넘어서는 힘을 지니고 있다. 그 여파만으로 왕도가 함락된다 해도 이상하진 않아."

""넷!""

백기사들은 에리스의 지시에 따라 병사들과 성기사들을 모아서 사람들을 대피시키기 시작했다.

"페이트, 그럼 나중에 만나자꾸나."

"네, 메밀을 부탁드릴게요."

"알겠다."

멀어져가는 그들을 배웅했다. 그리고 다시 돌아서서 말했다.

"슬슬 움직이기 시작할 것 같네. 준비는 됐어? 에리스."

"실전은 오랜만이지만 열심히 해볼게. 이미 알고 있겠지만 나는 지원 계열이야. 전선은 네게 맡길게."

오랜만이라고 하니 대죄스킬 보유자와 함께 싸우는 건 마인 이후로 처음이구나.

응? 마인은 뭐하고 있는 거지? 소동이 꽤 커졌는데 말이야.

하지만 이제 생각하고 있을 여유도 없을 것 같다.

나는 흑검을 겨누었고, 에리스는 흑총검의 총구를 언데드 아크데몬에게 겨누었다.

제21화 암흑 물질

언데드 아크 데몬은 커다란 날개 네 개를 펼치며 무언가를 중얼거리기 시작했다.

에리스와 그리드가 곧바로 그 동작에 반응했다.

"큰일이네."

『큰일이다.』

지금 사용하려는 것은 나도 알고 있는 암흑 마법이다. 이차원에서 불안정한 암흑 물질을 소환하여 대폭발을 일으키는 마법. 내가 가지고 있는 화염 마법 따위는 비교도 되지 않을 정도다.

나타나기 시작한 일그러진 공간이 다섯 개. 그곳에서 암흑 물질을 불러내려 하고 있는 것이다.

"그리드!"

나는 흑검을 흑겸으로 변형시키고 그 일그러진 공간을 향해 뛰어올랐다.

저 마법은 영창 시간이 다른 마법보다 긴 것 같다. 그렇기 때문에 조금이라도 방해를 덜 받게끔 하늘에서 사용하려는 건가?

흑겸은 발현된 마법을 벨 수 있다. 중요한 것은 마법으로 발동되었을 때만 효과를 발휘한다는 점이다. 다시 말해 저 암흑 마법 중에서 효과가 있는 것은 이공간으로 통하는 구멍을 열 때까지만 해당된다.

일단 그곳을 통해 암흑 물질이 나타나버리면 이 흑겸으로 벤다 해도 없앨 수 없다. 자칫하다간 벤 충격으로 인해 대폭발을 일으킬 수도 있다. 이 세계에 나타나면 몇 초도 형태를 유지할 수 없는 물질이다.

아직 일그러진 공간은 입을 벌리지 않고 있다. 제때 맞출 수 있을까?!

문제는 숫자가 다섯 개라는 점인데…….

베면서 숫자를 세었다.

"하나, 둘, 셋……."

나머지 두 개는 이미 늦었다……. 게다가 언데드 아크 데몬이 영창을 하면서 나를 덮치려 했다.

"크윽."

공중이라 자세를 제대로 잡지 못하는 상황인데 나를 떨어뜨리려는 듯이 팔을 휘둘렀다.

하지만 번개가 치는 것 같은 소리와 함께 내게 접근하던 언데드 아크 데몬의 머리가 엉뚱한 방향으로 돌아갔다. 그리고 머리에서 푸른 피가 흘러내렸다.

"페이트, 지금이야."

에리스였다. 뒤쪽에서 미리 말했던 것처럼 원호해주고 있는 것이다.

흑총검으로 날린 마탄 한 발이 언드데 아크 데몬의 관자놀이에 맞은 것 같다. 꽤 강한 충격이었는데도 뚫지 못한 걸 보니 이 관마물의 방어력도 대단한 것 같다.

나는 비틀거리는 언데드 아크 데몬의 머리에 난 뿔을 잡고 걸어차서 날렸다. 그 반동을 살려 남아있던 일그러진 공간 쪽으로 향했다.

"……넷, 나머지 하나……치잇?!"

나도 모르게 혀를 찼다. 네 개째를 무효화했을 때, 다섯 번째 공간에서 암흑 물질이 나타나려 하고 있었기 때문이다. 서둘러 마법을 베었지만 주먹 정도 크기의 암흑 물질이 떨어져 버렸다.

빛을 전부 흡수하는 것처럼 완전히 까만 그것 전체에 자잘한 균열이 빠르게 생겨났다. 그리고 천천히 부서지기 시작했다.

『페이트, 이 몸을 마순으로 바꿔라! 휩쓸릴 거다!』

검은 빛에 휩싸이기 전에 마순으로 변형시킬 수는 있었지만, 지근거리에서 무시무시할 정도로 강한 폭풍에 휘말려버렸다.

한순간 시야가 새하얗게 변했다. 정신을 차리고 보니 나는 엄청난 속도로 지면을 향해 날아가고 있었다.

이대로 가다간 머리부터 지면에 격돌해버릴 것이다. 재빨리 몸을 비틀어서 착지를 시도했다.

시야 구석에서는 에리스가 언데드 아크 데몬을 유인해주고 있었다.

착지한 것과 동시에 양쪽 다리에 힘을 주고 곧바로 전투에 끼어들었다.

"괜찮아?"

"그래, 이거 덕분에."

커다란 흑순을 에리스에게 보여주면서 그녀를 덮치려 했던 언데드 아크 데몬을 후려쳤다.

나를 날려보낸 보답이다.

언데드 아크 데몬은 둔탁한 소리를 내면서 지면으로 날아갔다.

하지만 곧바로 자세를 바로잡은 뒤 다시 공중으로 올라와버렸다.

이번에는 좀 전보다 더 높은 위치다. 구름 속으로 사라졌다.

결코 도망친 것은 아니다.

일반적인 시력으로는 볼 수가 없지만, 지금처럼 반 기아 상태가 된 오른쪽 붉은 눈으로는 마력의 흐름을 파악할 수 있다.

의식을 집중하고 눈을 뜨자 상상을 초월하는 일이 구름 속에서 시작되고 있었다.

"에리스! 구름 속에서······."

"이거 큰일인데. 무슨 숫자가 저렇게 많아······."

숫자는 서른······, 아니, 마흔······. 젠장. 계속 늘어나고 있다.

저렇게 많은 숫자를 동시에 다중 영창할 수 있다니, 상상도 하지 못했다.

하늘을 올려다보고 있던 내게 그리드가 《독심》 스킬을 통해 말했다.

『일반적인 관마물이라면 저런 걸 할 수 없을 거다. 안에 정체를 알 수 없는 자가 들어있잖아. 그 사실을 잊지 마라.』

"그렇긴 한데······, 이대로 가다간."

에리스는 지원 계열이라고 했다. 저렇게 강한 공격을 막을 수 있는 화력이 있을 것 같진 않다.

그녀의 얼굴을 보자 두 손 들었다는 포즈를 취해버렸다.

그때, 왕도 전체에 경보가 발령되었다. 너무 시끄럽게 울려대서 무심코 귀를 막고 싶어질 정도였다.

보아하니 이제야 대피가 시작된 것 같은데······. 이대로 가다간 하늘 위에 생겨난 일그러진 공간에서 대량으로 발생한 암흑 물질 때문에 왕도를 날려버릴 정도로 강한 폭풍이 불어닥칠 테고, 왕도의 백성들이 휘말리게 되어버릴 것이다.

거리가 멀리 떨어져 있으니 제대로 맞는 것보다는 위력이 떨어지겠지만, 숫자가 너무 많다.

방금 내가 맞았던 위력만 놓고 보더라도 성기사 수준이 아니라면 살아남을 수 없을 정도로 강한 폭풍이 불어닥칠 것이다. 일반 스킬밖에 가지고 있지 않은 사람들은 살아남을 수가 없다.

『페이트! 뭐하고 있는 거냐?』

그리드는 이런 상황인데도 나를 놀리는 듯이 말을 걸었다. 이건……멋대로…….

흑검 형태에서 흑궁으로 변형해버렸다.

지금까지는 항상 내가 변형시켰는데, 이런 적은 처음이었다.

『슬슬 제1위계를 제대로 써볼 때 아닐까?』

"지금?!"

내가 당황하자 에리스까지 달려와서 맞장구를 쳤다.

"모처럼 가리아에서 특훈했을 때 이것저것 가르쳐주었는데 아까워하기는……. 자, 다 드러내버려!"

"그만둬, 달라붙지 말라고!"

"하지만 그 방법밖에 없는 것 같거든. 나도 그게 가장 적합한 답이라고 생각해."

이럴 때만 호흡이 착착 맞는단 말이지.

휴우~. 크게 심호흡을 한 다음 그리드에게 말했다.

"내게서 스테이터스 10퍼센트를 가져가."

『말 잘했다! 페이트! 그럼 바로 가져가마!』

이 탐욕스러운 무기는 내 스테이터스를 빼앗아서 성장하여 변하기 시작했다.

무시무시한 형태가 되었고 더욱 커진 그리드는 무기라기보다는 병기라는 말이 더 어울리는 것 같다.

여기까지는 예전과 마찬가지다. 제1위계인 《블러디 터미건》이다.

그리드와 에리스가 말했던 것은 이 다음 이야기다.

이것은 단순히 내 스테이터스를 얻은 그리드의 힘이다. 지금까지는 그 힘을 빌렸던 것에 불과하다.

내가 하려는 것은 지금부터다. 이 오의를 자신의 무기로……병기로 다루는 것이다.

폭발하면 이곳 일대가 날아가버릴 텐데, 이 녀석들은…….

하지만 여기까지 와서 물러날 수는 없다.

내가 가지고 있는 대죄 스킬── 폭식의 힘을 합치는 것이다. 그렇다, 가리아에서 사용했던 변이 파생이다.

일반적인 오의라 해도 터무니없는 위력이 있는데, 공격력이 비약적으로 상승하는 변이 파생을 사용한다. 게다가 일반적인 오의를 사용할 때는 그리드가 제어해주지만, 변이 파생을 사용할 때는 전부 내가 맡게 된다.

나는 이것을 제어하는 게 힘들었고, 가리아에서 에리스와 마인에게 혼나면서 정신을 잃을 때까지 훈련하게 되었다. 제1위계를 써서 스테이터스가 줄어들면 마물을 쓰러뜨려서 보충했다. 형태가 잡힐 때까지 풀려나지 못하는…… 그야말로 지옥이었다.

그럭저럭 제어할 수 있게 되긴 했지만, 이렇게 실전에서 쓰게 될 줄이야…….

『집중해라, 페이트.』

"그래, 하면 될 거 아냐!"

활시위를 당기고 하늘 높은 곳에 있는 언데드 아크 데몬의 마력을 추적했다. 여긴가……, 확실하게 조준했다.

마력이 모여든 검은 마력 화살이 터져 나갈 것 같은 번개처럼 검은 줄기를 만들어내고 있다.

그리고 집중해서 변형된 흑궁과 일체화하는 듯이 의식을 일치시키고 그것과 폭식 스킬을 연결하는 것이다.

"변이해라, 블러디 터미건!"

외치면서 더욱 깊게, 더욱 깊게 동화했다. 임계점에 달했을 때, 검은 마력 화살에 변화가 일어나기 시작했다.

일직선이었던 마력 화살이 이중 나선으로 변한 것이다.

할 수 있다! 나는 망설이지 않고 변이 파생《블러디 터미건 크로스》를 언데드 아크 데몬에게 날렸다.

거대하고 검은 번개 두 줄기가 나선으로 회전하면서 왕도의 하늘을 가리고 있던 구름을 집어삼켰다.

그 속에 있던 것…… 전부를. 소환 중이었던 암흑 물질, 소환하고 있던 언데드 아크 데몬까지 통째로 하늘 저편으로 데려갔다.

그리고 아직 밤인데도 해가 뜬 것 같은 빛을 내뿜었다.

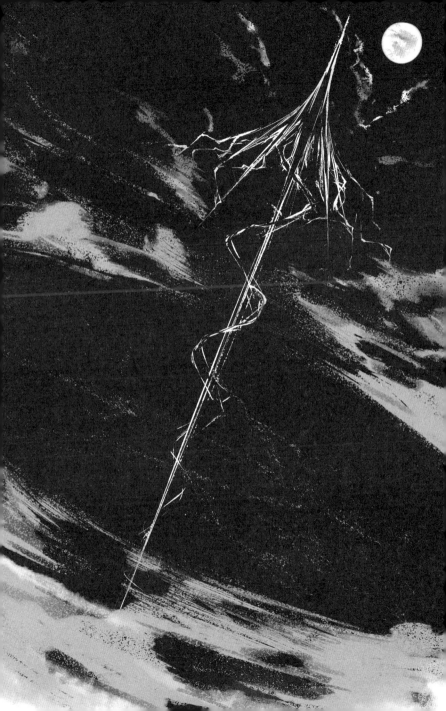

제22화 짓뭉개는 흑부

멈추지 않고 계속 울려대는 피난 경보.

하늘 위에서는 흐트러진 구름 틈새로 달이 고개를 내밀고 있었다.

내가 날린 블러디 터미건 크로스와 언데드 아크 데몬이 소환하려 했던 대량의 암흑 물질이 합쳐져서 대폭발이 일어났다.

저렇게 강한 위력을 지닌 공격을 맞고 살아남을 리가 없다……고 생각하고 싶지만 아직 쓰러뜨리지 못했다는 확실한 증거가 있었다.

스테이터스 가산, 스킬 추가를 알려주는 무기질적인 목소리가 아직 머릿속에 들리지 않았기 때문이다.

오른쪽 눈으로 집중해서 하늘 저편에 마력 감지를 걸었다.

"살아 있나……."

"그런 모양이야. 저건 불사 계열이니까."

마력 반응을 보니 약해진 상태라는 것을 느낄 수 있었다. 지금은 재생 중인 건가?

적이 너무 멀리 있는데. 변이 파생시킨 제1위계의 유효 사정거리까지 날려보냈기 때문에 그것을 뛰어넘는 사정거리를 지닌 공격 수단이 없는 나는 손을 쓸 수가 없다.

언데드 아크 데몬의 왕도 전체공격을 막아낸 건 좋지만, 만약 저대로 놓친다면 큰일이다. 왕도를 파괴한다고 했으니 도망칠 리도 없다.

지상전만 할 수 있는 우리와는 상성이 안 좋은 적인가…….

"전성기 시절의 힘을 발휘할 수만 있다면 그나마 싸워볼 수 있겠지만 말이야."

에리스는 오랜만에 흑총검을 다루는 상황이라 아직 제대로 컨트롤할 수 없다고 한다. 그리고 엔비가 마음대로 하라고 하면서도 아직 마음을 열지 않은 모양이라 다룰 수 있는 보조도 두 가지밖에 없다며 쓴웃음을 지었다.

다룰 수 있는 보조를 가르쳐주었다.

팔랑크스 불릿 (차지5) : 마력 오라를 전개하여 세 번까지 공격 대미지를 비약적으로 감소시킨다.

배니싱 불릿 (차지7) : 모습과 기척을 없앤다. 대미지를 입으면 해제된다.

강할 것 같은 힘이었다.

이 흑총검의 보조 총알은 곧바로 쓸 수가 없다. 공격 마탄을 쏴서 적에게 맞출 때마다 차지된다고 한다.

차지5는 마탄 다섯 발을 적에게 맞추면 쓸 수 있는 것이다.

흑총검의 장탄수는 일곱 발. 쏠 때마다 다시 충전되는데 30초가 걸린다고 하니 총알을 낭비하다간 이 보조 총알을 제대로 써먹을 수 없을 것이다.

잔탄을 관리하고 차지까지 관리하며 싸워야만 하니 나라면 혼란스러울 것 같다.

"이 정도려나. 차지는 꽤 많이 되었는데, 이런 상황이라 써먹을 수 있는 게 없거든. 또 하늘 위에서 아까 같은 공격을 날리면, 힐끔."

"그건 여러 번 날릴 수가 없어!"

"한 번 정도는 더 날릴 수 있을 거야! 아직 기운이 있는 것 같으니까."

그런 짓을 여러 번 하다가는 스테이터스가 크게 떨어져버린다. 그렇게 되면 언데드 아크 데몬과 제대로 맞서 싸울 수가 없게 된다.

에리스와 함께 지내면서 항상 생각한 거지만, 그녀에게는 싸움의 긴장감이라는 것이 전혀 없는 것 같다.

지금도 위기 상황임에도 불구하고 아무렇지 않은 표정을 짓고 있다.

왕도가 파괴되고 자신도 죽어버릴지 모르는데…….

"왜 그런 표정을 짓고 있는 거야? 앗, 혹시 내가 너무 마음 편한 느낌이라 그런가?"

"……응."

"오랫동안 살다 보면 말이지. 죽음이란 것에 둔감해져 버리거든. 자신의 죽음도, 다른 사람의 죽음도 마찬가지야. 그래, 무슨 말을 하고 싶은 건지는 알아. 하지만 어쩔 수가 없거든, 이것만큼은 말이야."

에리스는 작은 목소리로 '이래 봬도 예전에는 섬세한 소녀였거든?'이라고 말했다. 자기가 할 말인가 싶었다. 하지만 그런 말을 대놓고 하게 될 정도로 지금은 섬세하지 않게 되어버린 것이다.

"그래도 말이지. 내게도 예전이나 지금이나 결코 변하지 않은 게 있거든."

에리스는 그렇게 말하고 나를 바라보았다. 그 눈빛은 내가 아닌 다른 누군가를 보고 있는 것 같았다.

중요하지 않은 이야기를 해버릴 정도로 손을 쓸 수가 없는 상황에 빠졌다.

그런 와중에 다시 강대한 마력이 하늘 위에서 뿜어져 나왔다.

"진짜냐고……, 말도 안 돼……."

"정신통일 스킬을 사용한 모양이네. 페이트가 날려버려서 이제 체면을 차릴 수도 없게 되었나 봐."

하늘이 갈라졌다. 그곳에서 밤하늘보다 까만 공간이 고개를 내밀었다.

달과 별들은 그 공간 뒤에 가려져서 보이지 않게 되었다. 마치 쩍 갈라진 공간에 빨려들어가고 있는 것 같다.

저게 정신통일 스킬로 강화시킨 암흑 마법의 힘인가……. 아마 좀 전에 사용한 것처럼 다중 영창을 하지는 않았을 것이다. 마력을 있는 대로 끌어모은 단독 영창인 것 같다.

에리스가 말한 대로 블러디 터미건 크로스를 한 번 더 쏴야 하나?

흑궁을 바라보았지만 그리드는 침묵하고 있었다.

스스로 결정하라는 뜻인 것 같다.

쥐고 있던 흑궁에 힘을 준 순간, 또 다른 강대한 마력을 느꼈다.

에리스도 느꼈는지 그 방향을 돌아보았다.

"왕도의 성 꼭대기에서 느껴져."

"앗, 저 애…… 이런 타이밍에 등장하다니, 꽤 하는데."

《암시》 스킬을 사용했지만 거리가 너무 멀다. 그녀의 얼굴까지는 확실하게 보이지 않았다. 하지만 하얀 옷을 바람에 나부끼며 커다랗고 까만 도끼를 들고 있었다.

그 실루엣만으로도 쉽사리 누구인지 상상할 수 있었다.

뒤늦게 와준 사람은 마인이었다. 게다가 저런 곳에 있을 줄이야…….

그녀는 하늘을 올려다본 뒤 들고 있던 흑부를 밤하늘 쪽으로 던졌다.

너무나도 빨라서 그 궤도를 눈으로 확인하지도 못했다.

들린 것은 대기가 흔들릴 정도로 강한 충격음이었다. 곧바로 하늘 위에 전개되고 있던 암흑 마법이 사라지기 시작했다. 밤하늘에 열렸던 이공간의 커다란 입은 닫히고 있다.

밤하늘이 원래대로 돌아왔을 때, 우리가 있던 곳 근처에 까만 물체가 엄청난 기세로 떨어졌다.

질량이 터무니없었는지 군사구가 크게 흔들려서 지진으로 착각할 정도였다.

크레이터 형태로 변한 곳으로 다가가 보니 언데드 아크 데몬이 흑부에 짓뭉개진 상태였다.

팔다리를 버둥거리고 있긴 하지만 꿈쩍도 하지 않았다.

흑부 슬로스는 공격하면 할수록 무거워지는 성질이 있다. 그러고 보니 저녁쯤에 아론하고 모의전을 했었지.

그때 얻은 중량을 그대로 유지했던 모양이다. 마인은 흑부의 무게를 리셋하는 것을 깜빡 하고 정원에 두고 가는 버릇이 있다. 그녀에게 물어보니 도난방지 목적이라고 했다.

발버둥치는 언데드 아크 데몬을 보니 잘못된 대책은 아닌 것 같다. 하지만 바르바토스 저택의 정원이 함몰되어버린다.

뭐라 말할 수 없는 표정으로 언데드 아크 데몬을 보고 있자니.

"어때, 괜찮은 느낌으로 떨어졌어?"

어둠속에서 나타난 마인이 담담하게 물었다.

"늦었구나, 마인."

"와줘서 살았어."

"응, 늦지 않게 왔어. 저택에서 자고 있었는데 아론이 깨워서."

마인은 내 곁으로 와서 앞머리를 들고 보여주었다.

"아론에게 당했어. 아팠어."

이마가 살짝 빨개진 것 같았다. 아마 불러도 깨어나지 않는 마인을 보고 아론이 최종 수단을 쓴 것 같다.

메밀을 안고 서둘러 간 그가 가지고 있던 성검 자루로 찔렀다고 한다.

"그래도 긴급 사태니까 용서해줬어."

"그렇구나……, 아론도 힘들었겠어."

마인은 언데드 아크 데몬을 힐끔 보고는 나를 돌아본 뒤 어이없다는 표정을 지었다.

"아직 멀었어. 이 정도로 밀리다니. 게다가 색욕이 있는데 어째서 이런 추태를 보인 거야? 응? 어째서?"

"실전 공백 기간이 너무 길어서……, 미안해."

마인이 눈으로 죽이겠다는 느낌으로 노려보자, 에리스는 내 뒤로 숨어버렸다.

마인은 적을 바라보며 말했다.

"분리해야지……, 그러기 위해서는 언데드 아크 데몬을 쓰러뜨

려야 해. 페이트라면 죽일 수 없는 적을 쓰러뜨릴 방법을 가지고
있어. 그걸 쓰면 돼."

　마인은 분리라고 했다. 잠깐 본 것만으로 이 언데드 아크 데몬
안에 무언가가 들어있다는 걸 알아본 모양이었다.

제23화 라플라스의 권속

마인이 말한 방법이란 아마 제2위계의 오의인 《데들리 인페르노》일 것이다.

예전에 마인과 함께 가리아에서 싸웠던 기천사 하니엘. 아무리 공격해도 재생해버려서 불사신이라 할 수 있는 적이었다. 그 힘 때문에 마인이 아무리 강해도 쓰러뜨릴 수가 없었다. 그래서 그녀는 도와달라고 하며 내게 협력을 요청했다.

그리고 불사신 같은 하니엘을 쓰러뜨리기 위해 사용한 것이 《데들리 인페르노》였다. 그것은 내 모든 스테이터스의 20퍼센트를 흡수하여 변한 대낫이었다.

효과는 칼날에 담긴 막대한 저주를 이용해 어떤 상대—— 불사자라고 해도 썩게 만들어서 즉사시킨다. 필멸의 일격이라 할 수 있지만, 공격해야 하는 장소가 정해져 있다. 그것은 급소, 몸 전체에서 마력이 집중되는 곳이다.

그곳을 대낫으로 베어서 저주를 흘려 넣고 온몸에 돌게 한다. 몸에 퍼지면 재생도 하지 못하고 곧바로 모든 것이 썩어서 죽게 되는 것이다.

그렇기 때문에 공격할 때는 실수가 용납되지 않는다. 공격할 곳을 착각하면 효과를 발휘하지도 못하고 모든 스테이터스 중 20퍼센트를 낭비하게 될 것이다.

실수하지 않기 위해서 반 기아 상태 때 마력의 흐름을 읽을 수 있는 힘을 쓰면 된다. 항상 사용할 수 있는 힘이 아니라 의식을 집중해야만 볼 수 있다.

나는 마인과 에리스에게 언데드 아크 데몬으로부터 멀리 떨어지라고 했다. 여전히 발치에서 깔린 흑부의 무게 때문에 움직이지 못하고 발버둥치고 있다.

우선 의식을 집중해서 언데드 아크 데몬의 마력 흐름을 읽었다.

마력의 원천이 있는 곳은 이마에 난 검은 뿔 두 개의 사이였다. 흑부 아래에 깔린 곳이 아니라 다행이다. 흑부를 치우고 나서 공격하기도 힘들 테고, 최악의 경우에는 다시 날뛸 수도 있기 때문이다.

나는 흑궁을 대낮으로 변형시키고 그리드에게 말했다.

"내게서 모든 스테이터스의 20퍼센트를 가져가라, 《데들리 인페르노》로 라팔을 보내주겠어."

『알겠다. 그래도 괜찮겠냐? 저건 E의 영역인데.』

"괜찮아……. 이제 가리아에 있을 때의 나와는 다르니까."

가리아에서 천룡을 먹었을 때, 폭식 스킬에 휩쓸릴 뻔했지만 록시 님이 의식을 건져내 주었다. 나는 폭식 스킬 보유자다. 스킬 때문에 굶주림을 떠안고 있는 이상, 앞으로 계속 싸움에 등을 돌릴 수는 없다.

싸워야 하는 적은 약한 적뿐만이 아니다. E의 영역에 있는 적들도 또 만나게 될지도 모른다. 아니, 예감이 아니라 확신이다.

마인과 에리스—— 같은 대죄 스킬 보유자들과 함께 행동한다면 그런 괴물들과 싸우는 건 피할 수 없다. 나는 그녀들이 있는 곳으로 발을 내디딜 것이다.

계속 록시 님에게 의존하다가는 그렇게 약한 마음 때문에 분명히 가리아 때와 같은 결과를 내게 되어버릴 것이다.

"해줘, 그리드!"

『네 각오, 잘 느꼈다. 좋다, 네 20퍼센트를 가져가마.』

　온몸의 힘이 빠져나가는 듯한 감각에 휩싸였다. 그런 나와는 정반대로 흑검 그리드가 성장하기 시작했다.

　나타난 것은 칼날이 나란히 세 개 붙어 있는 대낫. 보기에 따라서는 짐승의 발톱을 연상케 하는 형태였다.

　크기가 커진 흑검을 들어 올리고 언데드 아크 데몬── 라팔이었던 자를 겨누었다.

"너는 힘을 사용하는 방식을 착각했어. 나도 그랬었지만……"

　나는 하드 브레릭을 죽였다. 그 녀석은 록시 님을 함정에 빠뜨려 가리아로 보내는데 가담했고, 왕도 안에 있던 고아들을 유괴해서 자신의 욕망을 위해 괴롭히다 죽였다. 그리고 내게는 5년 동안 인간 취급도 받지 못하고 괴롭힘당했던 원한이 있었다.

　그렇다 해도…… 나는 하드를 죽여선 안 되는 거였다. 그 누구도 심판하지 않는다면 이 힘으로 심판하겠다는 발상은 내 소중한 사람들을 슬프게 만드는 행위에 불과했다.

　아론에게 말했을 때도 슬픈 표정을 지었다. 그리고 록시 님에게 남기고 온 이별 편지에 내 모든 것을 고백했다.

　물론 내가 하드 브레릭을 죽였다는 것도. 그밖에도 하트 가문의 영지에서 관마물인 코볼트 어설트를 쓰러뜨리기 위해 북쪽 계곡을 파괴해버린 것…… 그리고 자신이 한 일이 아니라고 거짓말을 해버린 것도.

비밀이 비밀을 불러들여서 정신을 차리고 보니…… 록시 님에게 셀 수도 없이 많은 거짓말을 해버렸다. 그녀의 힘이 되어주고 싶다면서 폭식 스킬에 대해 알리고 싶지 않아서 멋대로 거짓말만 늘어놓고 있던 내게는 어울리는 말로였다.

편지를 써보고 새삼 느끼게 된 것이다.

그래서 그 해골 마스크에 의존하지 않고 내가 나로서 살아갈 수 있게 된다면 다시 그녀에게 진심으로 사과하고 싶다는 내용을 남겼다.

그럼에도 불구하고 나는 바로 내가 되지 못했다. 한 번 손을 대버린 거짓된 자신이 해골 마스크 안에서 속삭인다.

어둡고 무거운 목소리가 들려서 그것이 폭식 스킬의 목소리라고 착각해버릴 정도였다.

내 안에는 라팔과 마찬가지로 흉악한 것이 깃들어 있을지도 모르겠다. 그런 일면이 가리아에서 돌아온 뒤로도 나를 좀먹기 시작하는 것을 느꼈다.

임금님을 알현했을 때, 성기사 란체스터와 충돌했을 때도 그런 마음의 어둠이 고개를 내밀었고, 아론에게도 지적당했다. 그리고 브레릭 가문의 연구시설에서도 너무 끔찍한 광경을 본 나머지 마음의 빈틈을 찔려 휘둘려버릴 뻔한 나는 그리드 덕분에 정신을 차릴 수 있었다.

E의 영역을 경험하고 알아버렸다.

아무리 강해진다 해도 사람으로 있고 싶어하는 이상, 혼자서는 살아갈 수 없다.

강한 힘을 가지고 있기 때문에 큰 잘못을 저질러버릴지도 모른다. 그럴 때, 바른 방향으로 이끌어줄 동료가 필요하다.

나는 강한 힘을 가지고 있지만, 마음은 평범한 사람들과 다를 게 없다. 그렇게 당연한 것들을 인정하니 비로소……, 처음으로 나 자신이 보인 것 같은 느낌이 들었다.

"라팔, 내가 너와 마찬가지라고 했었지."

이미 내 말에 반응할 의식도 없는 것 같았다. 라팔의 마음은 여기에 없을 것이다.

그래도 말해두고 싶었다.

"처음에는 증오 속에서 살아가던 우리가 비슷했을 거야. 네가 나고……, 내가 너였어."

변형된 흑검을 조용히 들어 올렸다.

"하지만 이제 끝내자. 지금은 이미…… 너는 너고, 나는 나니까. 너와의 악연은 여기서 끝내도록 하자. 나는 앞으로 나아갈 거야, 라팔."

나는 사람의 말조차 할 수 없게 되어버린 괴물을 향해 제2위계의 오의, 《데들리 인페르노》를 휘둘렀다.

머리에 짐승의 발톱으로 할퀸 듯한 상처가 났다. 그리고 그 상처에서 저주가 돌기 시작하자 까맣게 변색되어갔다.

언데드 아크 데몬은 온몸이 검은색으로 물들었고 조금씩, 조금씩 무너지기 시작했다.

그리고 머릿속에서 무기질적인 목소리가 들렸다.

《폭식 스킬이 발동됩니다.》

《스테이터스에 체력+6 · 1E(+8), 근력+6 · 3E(+8), 마력+9 · 3E(+8), 정신+9 · 9E(+8), 민첩+7 · 2E(+8)이 가산됩니다.》

《스킬에 암흑 마법, 정신통일이 추가됩니다.》

나는 곧바로 E의 영역인 스테이터스를 얻고 기뻐 날뛰는 폭식 스킬을 억눌렀다. 그때, 예전에 먹었던 소녀, 하니엘의 코어가 되었던 소녀 루나의 목소리가 들렸다.

『나도 힘을 빌려주겠다고 했잖아. 잊지 마…….』

그 목소리와 함께 욱신거리는 느낌이 사그라들었고, 오른쪽 눈에서 피가 흐르는 정도로 그쳤다. 아마 그녀가 폭식 스킬을 안쪽에서 억눌러준 것 같았다. 스스로 어떻게든 하겠다고 해놓고……, 그런 생각이 들었지만 루나와는 꿈속에서 함께 싸우자고 약속했다. 다음에 꿈속에서 만나면 고맙다고 인사해야겠다. 항상 고맙다고.

그런 마음도 그리드의 목소리를 듣자 사라져버렸다.

『페이트, 시작되었다.』

언데드 아크 데몬에게 이변이 생긴 것이다. 까맣게 변했던 몸 중에서 배 부분이 급격하게 부풀어오르기 시작했다. 그대로 임계점을 돌파하여 요란하게 파열되었다.

"뭐지? 이게 분리인가?"

배에서 나온 것은 새까만 박쥐였다. 숫자는 천 마리가 넘었다.

라팔── 언데드 아크 데몬을 쓰러뜨리면 무언가가 나올 거라고 예상하긴 했지만……, 이건 너무 많아서 모두 쓰러뜨릴 수가 없겠는데.

나는 곧바로 흑겸을 휘둘러 베었고, 에리스는 흑총검으로 저격해서 떨어뜨렸다. 그리고 마인도 흑부를 재빠르게 주워들고 짓뭉갰지만 전혀 손맛을 느낄 수가 없었다.

모든 박쥐가 불사신이라 베어도, 관통시켜도, 뭉개더라도 곧바로 원래대로 돌아와 버렸기 때문이다. 그렇다면 《데들리 인페르노》를 써야겠지만, 마력의 흐름을 살펴보니 박쥐가 제각각 독립된 생물이었기에 쓰러뜨리기 위해서는 천 번 이상 써야 한다. 그러기 전에 내 모든 스테이터스가 고갈될 것이다.

"이게 뭐야?"

마인은 냉정하게 박쥐들을 박살 내며 말했다.

"집합 생명체이자 나이트 워커의 시조. 그리고…… 내가 추구하는 것으로 이끌어주는 적."

마인은 물어뜯으려고 날아든 박쥐를 노려보면서 왼손으로 잡고 땅바닥에 내동댕이쳤다.

박쥐들은 점점 한 덩이로 뭉쳐서 사람 형태를 이루기 시작했다.

그리고 어느새 흑창 배니티를 들고 있었다.

"오랜만에 다시 만났는데 쌀쌀맞기는. 예전에는 동료였잖아, 분노의 마인."

씨익 웃은 백발의 소년은 마인에게 친숙한 말투로 말을 걸었다.

제24화 페이트와 록시

백발의 소년은 흑창 배니티를 빙글빙글 돌렸다. 마치 그의 일부인 것 같다는 생각이 들 정도로.

우리는 정체를 알 수 없는 힘을 지닌 소년에게 무기를 겨누었다.

감정 스킬을 쓰고 싶지만, 발동시키는 것과 동시에 소년이 마력을 뿜어내서 무효화할 것이다. 그렇게 되면 나는 두 눈을 실명하게 된다.

E의 영역끼리 전투를 벌일 때는 《감정》 스킬이 의미가 없는데다 위험한 행동인 것이다.

상대방이 어떻게 나올지 살피는 경직 상태. 그런 와중에 소년은 우리를 훑어보고 있었다.

"그 이후로…… 몇천 년이 지났지? 천 년인가? 이천 년인가? 아니면 설마, 사천 년인가? 시간이 흐르는 건 정말 순식간이구나. 안 그래? 마인."

"신……, 너는 그때 죽었을 텐데."

"이미 알고 있잖아, 나는 죽지 않아. 세계 어딘가에 분체를 숨겨두었으니까. 그것이 그 하찮은 인간에게 달라붙어서 부활할 수 있는 거지. 뭐, 운이라는 요소가 큰 게 단점이지만 말이야. 그래도 도박에는 이긴 것 같은데. 보면 알겠지만 이렇게 부활할 수 있었으니까."

갑자기 박쥐 무리로 변해 우리 옆으로 이동했다. 그리고 다시 흑창을 빙글빙글 돌렸다.

"이제 그때와는 다르다고. 마인도 이쪽으로 돌아와. 무기도 제대로 쓰지 못하는 색욕, 겨우 E의 영역에 도달한 폭식. 그 멤버로는 나조차 쓰러뜨릴 수 없다니까."

"신⋯⋯."

"붙어볼래? 결과는 이미 알고 있을 텐데."

신은 그렇게 말하며 새빨간 두 눈을 빛냈다.

크윽⋯⋯, 뭐지⋯⋯, 이게. 마치 내 폭식 스킬이 기아 상태가 되었을 때 발현되는 힘과 비슷하다. 옆에 있던 에리스도 나와 마찬가지로 움직일 수가 없었고, 숨조차 쉬지 못하고 있었다.

"어라, 어라. 조금 진심으로 노려보기만 했는데 위압당한 게 두 명이나 있네. 정말 꼴사납군그래."

신은 나와 에리스를 보면서 정말 실망했다는 듯한 표정을 지었다. 마치 지금부터 재미있는 놀이를 하려던 참인데 참가할 수 있는 사람이 한 명밖에 없어서 포기할 수밖에 없다는 투였다.

그런 와중에 마인만은 흑부를 들어 올리고 신에게 말했다.

"그 땅으로 통하는 문을 열어줘야겠어."

"아직⋯⋯ 추구하고 있구나. 하지만 그런 건 싫지 않아."

"신!"

마인은 단숨에 신에게 달려들어서 세로로 두 동강 내버렸다. 마인의 움직임이 너무 빨라서 내게는 흐릿하게만 보였다.

베인 신은 다시 박쥐 무리가 되어 우리들에게서 멀리 떨어진 위치에 나타났다.

"여전히 호전적이구나. 좋아, 그럼 데리고 가줄게. 나를 따라오

면 돼. 다른 곳에 들르기도 하겠지만 그 땅으로 통하는 문은 종착
점이기도 하니까. 그럼, 마인…… 갈까."

신은 박쥐 무리로 변해서 동쪽을 향해 날아올랐다.

마인이 나를 힐끔 보았다. 무표정한 그녀답지 않게 조금 쓸쓸
하다는 듯이 눈을 가늘게 떴다.

박쥐 한 마리가 마인 주위를 빙글빙글 돌며 날아다니고 있었
다. 마치 마인에게 어서 오라고 재촉하는 것 같았다.

나는 아직 목소리를 내지 못하고 있었다. 가지 말라고 하고 싶
은데, 아무런 말도 할 수 없었던 것이다.

나와 신 사이에는 압도적인 실력 차이가 있어서 어떻게 해볼 수
가 없다. 지금까지 마인에게 도움을 받기만 했는데, 아무런 말도
못하는 거냐!

싫다. 분명히 후회할 거다. 이제 그런 건 싫다.

"마……인……."

신의 주박을 떨쳐내려는 듯이 목소리를 쥐어짜냈다. 쉰 목소리
로 겨우…… 마인을 불렀다.

박쥐가 내 쪽으로 와서 깜짝 놀랐다는 듯이 말했다.

"이거 대단한데. 네 평가를 바로잡아야겠어. 하지만 그녀는 멈
추지 않을 거야. 만약 네가 그걸 원한다고 해도 말이지. 누구나
살아가기 위해서 양보할 수 없는 게 있는 법이야. 마인의 경우에
는 그 땅으로 통하는 문이지. 또 만나자."

"가지……마! 마인! 가지마!"

좋지 않은 일이 벌어질 것만 같다. 그런 곳으로 혼자……, 일부
러 뛰어들다니. 잘못된 선택이다. 우리는 이미 동료니까……, 아

직 약할지도 모르겠지만 더 의지해줬으면 좋겠다. 더 강해질 테니까.

내 말을 듣고 돌아선 마인은…… 살짝 울고 있었다. 처음 보는 그녀의 표정. 그것은 터무니없이 긴 시간동안 살아온 자의 표정이 아니었다.

외모와 마찬가지로── 평범한 여자아이였다.

"지금까지 고마웠어. 페이트와 함께 지내면서 오랜만에……, 정말 오랜만에 즐거웠어."

"마인!"

"미안해."

마인은 박쥐와 함께 동쪽으로 나아갔다. 겨우 몇 초가 지났는데도 지금은 이미…… 마인의 모습이 어디에도 보이지 않는다.

왕도의 하늘에는 다시 구름이 모여들었고, 눈이 조용히 내리기 시작하고 있었다.

신의 주박은 어느새 풀렸고, 나와 에리스는 그저 그곳에 우두커니 서 있었다.

마치 주박이 지금까지 계속 풀리지 않는 것만 같다.

친한 사람이 떠났고, 내 예상을 뛰어넘은 무언가를 하려 한다. 힘이 되어주지 못한 무력감에 휩싸여서 괴로웠다. 가리아에 남겨두고 온 록시 님도 이런 기분이 들었을지도 모르겠다.

"나는 바보구나……."

『이제야 눈치챘냐? 정말, 페이트답다고 할 수도 있겠다만.』

그리드가 《독심》 스킬을 통해 말했다. 그 말투는 평소 때 그리드답지 않게 조금 부드러웠다.

에리스가 껄끄러운 표정을 지으며 내게 다가왔다.

"어떻게 할 거야? 페이트."

"바르바토스 가문의 저택으로 돌아가자. 아론이 걱정이야."

"바로 마인을 쫓아가지 않아도 괜찮겠어?"

"지금 내가 감정에 몸을 맡기고 마인을 쫓아가버리면 또 되풀이해버릴 것 같으니까. 그리고 바르바토스 가문의 당주로서 책임도 있고."

"그렇구나. 오늘은 한층 더 쌀쌀해질 것 같아. 몸을 녹이지 않으면 얼어죽겠어."

폐허가 되어버린 군사구에 눈이 조금씩 쌓이기 시작했다.

왕도 전체에 울려 퍼지던 경보가 멎었다. 왕도를 휩쓸었던 싸움이 끝난 것이다.

그리고 길었던 밤이 끝나고 동쪽에서 해가 고개를 내밀고 있었다. 무슨 일이 생긴다 해도 오늘 하루가 다시 시작되는 것이다.

너무 많은 일들이 있어서 아직 마음이 가라앉지는 않았지만, 집으로 돌아가야겠다. 돌아갈 곳이 있다는 건 더할 나위 없이 멋진 거니까.

에리스를 데리고 성기사구로 걸어갔다. 밤에 그렇게 큰 사건이 벌어졌다. 병사들과 성기사들이 우리 옆을 급하게 지나가곤 했다.

"보아하니 군사구는 당분간 제대로 써먹지 못하겠는데."

"남 일처럼 말하네."

"그렇지. 왕도는 엔비가 계속 관리하던 곳이라 내 왕국이라는 느낌이 안 드니까."

"맞아! 흑총검 엔비 이야기를 아직 못 들었는데?"

그러자 에리스는 평소처럼 종잡을 수 없는 분위기를 보이다 진지한 표정을 지었다.

"좀 전에 싸우면서 봐서 알고 있겠지만, 내 대죄무기라서 그래. 뭐, 꽤 옛날에 크게 싸우고 사이가 틀어져 버렸지만 말이지. 가리아에서 있었던 일을 계기로 화해했다는 느낌이려나? 그야말로 있어야 할 곳에 돌아왔다는 거지."

에리스는 그렇게 말한 다음, 가장자리에 자잘한 장식이 달린 칼집 안의 흑총검에 손을 가져다 댔다.

그녀의 이야기를 들어보니 이 왕국은 에리스와 엔비가 건국해서 생긴 모양이었다. 그 이후로 수백 년에 걸쳐서 양쪽이 추구하는 바가 다르다는 것을 깨닫고 싸운 뒤 헤어졌다고 한다.

에리스는 어떤 목적을 위해 방랑하는 여행을 떠났고, 엔비는 사람의 몸을 빼앗는 능력으로 계속 이 왕국을 다스렸다고 한다.

엔비는 에리스가 떠나갔다는 사실에 충격을 받았는지 그녀를 대신할 이상적인 몸을 얻는 것에 집착하게 된 모양이었다.

그리고 도달한 것이 고유명칭을 지닌 인간 제작이었다. 그러기 위해서는 종족 안에서 원한을 계속 쌓을 필요가 있었다. 그것이 인간을 사용한 헤이트 현상 실험이었다.

민중들이 살아갈 수 있는 최소한의 선을 유지하면서 성기사들의 횡포를 오랫동안 내버려둔 것이다. 그리고 헤이트가 최대치에 도달한 시점을 확인하고 민중들의 희망이었던 록시 님을 가리아에서 죽이려 했다.

나로서는 용서할 수가 없는 흑총검이다.

엔비는 가리아에서 천룡을 조종했었다. 다시 말해 록시 님의 아버지를 죽인 것도 엔비, 록시 님이 가리아로 가게 되는 이유를 만든 것도 엔비라는 뜻이다.

이 왕국의 왕이라 해도 해도 되는 것과 안 되는 것 정도는 있을 것이다.

그런 분노가 얼굴에 드러났는지 에리스가 미안하다는 표정을 짓고 있었다.

"엔비에게는 잘 타일렀어. 이번 사건은 엔비가 펼쳐온 압정에 대한 벌이겠지. 원래는 이 흑총검을 부러뜨려서 사죄해야겠지만, 이 녀석은 부술 수가 없거든. 적어도 지금부터 속죄하게 해줬으면 해. 나도 지금까지 엔비가 하는 짓을 보고도 못 본 척했고."

왕도에서 합류할 예정이었던 에리스가 이렇게 늦어버린 것은 엔비와 화해하고 있었기 때문이었다. 우리보다 먼저 왕도로 들어온 뒤 가리아에서 회수했던 엔비와 만났던 모양이다.

"지금부터는 제대로 여왕님을 해달라고."

"선처하죠. 그래도 나는 금방 질린단 말이지."

이 여왕님은 괜찮을까…….

그런 그녀에게 백기사 두 명이 달려왔다. 이것저것 이야기를 들었고, 에리스도 처음에는 진지하게 듣다가 하품을 하면서 이렇게 말했다.

"뒷일은 너희에게 맡길게. 잘 해줘."

""네! 그럼 저희는 이만 실례하겠습니다.""

백기사들에게 자세히 지시하나 싶더니 전부 떠넘겨버렸다. 정말 금방 질리는구나. 백기사들은 큰 임무를 맡았다고 생각하며 신이 나서 떠나갔다.

뭐, 잘 돌아가고 있으니 괜찮은 건가…….

내가 그렇게 걱정하고 있다는 걸 눈치챈 에리스가 의기양양하게 말했다.

"저 아이들은 예전부터 성실했으니까 괜찮아. 너무 성실하다는 점이 옥에 티지만."

아마 엔비가 왕이었던 예전 체제 이야기일 것이다.

헤이트 현상을 이용해서 관인간을 만들려 했던 것. 오랜 시간에 걸쳐 백성들을 괴롭혀서 인위적으로 헤이트를 모은다는 장대한 실험이었다. 그리고 민중들에게 사랑받던 록시 님을 산 제물로 바쳐서 완성시킬 생각이었던 모양인데, 내가 가리아에서 박살냈다.

"참 웃기지, 엔비의 방식……, 하지만 그는 진심이었어. 나를 대신할 사람이 꼭 필요했던 모양이야. 이건 내 죄이기도 하지."

에리스는 말했다. 살아가는 이상 잘못을 많이 해버리는 법이라고.

"그러니까, 지금부터는 조금이나마 살기 편한 나라로 만들게."

"믿어도 돼?"

"그래. 그럼 말이지, 오늘은 과자를 마음껏 먹을 수 있는 날로 정할까?"

"그게 무슨 소리야."

"과자를 먹으면 행복한 기분이 드니까."

"으아, 왠지 왕국의 미래가 걱정되는데."

"뭐어어어어? 좋은 생각인줄 알았는데!"

그렇게 놀랄 일이야? 그래도 예전보다는 살기 편해질 것 같다. 보좌할 백기사들도 유능한 것 같고.

에리스에게 놀림당하며 가다 보니 바르바토스 가문의 저택 앞에 사람들이 잔뜩 모여 있었다.

아론하고 술집 주인까지 있었다. 그리고 하트 가문 하인들도.

그 안에서 어떤 여자가 모습을 드러냈다. 금발을 나부끼며 시원스럽게 걸어오는 변함없는 모습.

"록시 님……."

방금까지 내게 딱 달라붙어 있던 에리스는 분위기를 파악했는지 멀리 떨어졌다.

나는 뭐라고 말을 걸어야 할지 몰라서 그녀가 있는 곳으로 걸어갔다. 걸음을 멈출 수가 없었기 때문이다.

록시 님은 슬퍼하고 있을까, 아니면 화를 내고 있을까, 아니면 뭐라고 따지려나. 내 머릿속에서 여러 가지 생각들이 빙글빙글 맴돌았다.

그녀의 앞까지 와서 멈춰선 뒤 마주 보았다.

무슨 말을 해야 하는데……, 그렇게 입을 열려고 하던 내게 록시 님이 넋이 나갈 정도로 아름다운 미소를 지으며 말했다. 그 말을 들으니 모든 것이 날아가 버렸다.

"어서 오세요, 페이."

"록시 님……."

내가 그렇게 말하자 그녀가 고개를 저었다.

"아니잖아요. 당신은 이제 성기사이고 바르바토스 가문의 당주니까요. 저를 록시 님이라고 부를 필요는 없어요."

그렇다. 그랬다. 나는 이제 문지기였던 페이트도 아니고, 하트 가문의 하인이었던 페이트도 아니고, 정체를 숨긴 무인이었던 무쿠로도 아니다.

나는 록시 님과 마찬가지로 성기사고, 바르바토스 가문의 당주다. 이제 그녀에게 부담을 느낄 필요는 없다. 그리드가 자주 말했던 것처럼 당당하게 가자.

"록시……, 지금까지 말하지 않아서…… 죄송합니다. 당신에게는 정말 많은 폐를 끼쳤어요. 저는……."

"저는 그런 걸 원하지 않아요. 가리아에서 말했죠? 페이는 페이라고. 가면을 쓰고 자신을 속이면서도 페이는 누군가를 위해서 싸워왔잖아요? 하드 브레릭 이야기는 슬펐어요. 하지만 그렇게 만들어버린 원인 줄 일부는 제게 있어요."

"그렇지 않아요! 그건 제가 멋대로……."

그 뒤로는 말할 수 없었다. 록시가 껴안았기 때문이다.

"우리는 사람이니까 잘못을 저지르기도 해요. 저도 마찬가지예요. 가리아에서 벌인 전투로 많은 부하를 잃었어요. 만약 그때 그렇게 했으면 나았을지도 모르겠다고 후회도 해요. 하지만 그런 마음만 품고 있으면 살아가는 게 괴로워지니까요. 지금 페이는 그렇게 괴로운 표정을 짓고 있어요."

록시는 포옹을 풀고 나를 바라보며 계속 말했다.

"그러니까 다시 말할게요. 어서 오세요, 페이."

나는 록시의 자상한 말을 듣고 눈가가 뜨거워지는 것을 느꼈다. 이미 눈물이 흐르고 있을지도 모른다.

이 말만은 있는 힘껏 진심을 담아서 하고 싶다.

"다녀왔어요……, 록시."

"네, 어서 오세요."

여기로 오기 전까지 너무 많이 돌아온 것 같다.

록시와 그저 마주 보기만 하면 되는 거였는데. 하지만 그런 모습도 나다운 거라며 그녀가 받아들여주었다.

앞으로도 잘못을 저질러버릴지도 모른다. 그것은 인간이라는 증거이니, 나는 그것을 떠안고 살아가려 한다.

한동안 록시와 마주 보고 있자니 에리스가 이제 됐냐고 따졌다.

정신이 번쩍 들어서 주위를 둘러보니 아론과 술집 주인, 하트 가문의 하인들까지 조용히 상황을 지켜보고 있었다?!

우리가 완전히 둘만의 세계에 빠져 있었던 것 같다.

록시를 보니 얼굴이 점점 빨개졌다. 아마 나도 마찬가지일 것이다.

그렇게 창피한 것이 오히려 편한 느낌이었다. 계속 방황하던 마음이 여기에 자리를 잡은 것이다.

제25화 브레릭 가문의 최후

성기사구에 있는 바르바토스 가문의 저택 개축 공사가 연기되어버렸다. 이유는 라팔과 벌인 싸움 때문이다.

부탁했던 목수가 군사구 수리를 맡게 되어버린 것이다. 그 덕분에 군사구에서 벌어졌던 싸움의 흔적도 조금씩 원래대로 돌아가고 있었다. 그렇게까지 거칠게 날뛰면서 마구 부쉈댔던 연구시설은 브레릭 가문에서 소유한 건물을 제외하고 수리가 끝났다고 한다.

그 소름끼치는 연구시설은 에리스와 백기사들이 꼼꼼하게 조사한 뒤 철거할 예정이다. 라팔의 어머니가 들어 있던 유리 용기도 철거된다. 그녀의 시체는 정중하게 거두어서 왕도가 관리하는 공동묘지에 매장된다고 한다.

나는 다시 라팔의 어머니가 있던 곳으로 가서 브레릭 가문이 해왔던 짓을 보고 왔다. 싸우던 때는 그 방밖에 보지 못했지만, 비슷한 방이 또 있었다.

그것들은 전부 라팔의 아버지였던 남자의 방이었다. 도저히 사람이 한 짓이라는 생각이 들지 않을 정도로 악마 같은 소행이 가득 차 있는 방을 보자 구역질이 났다.

그리고 다른 층에서 라팔이 이용했던 것 같은 방을 발견했다. 아이러니하게도 어머니의 시체가 있던 방의 바로 위였다.

그곳에는 어머니와 함께 웃고 있는 어린 라팔 그림이 벽에 걸려 있었다. 그리고 가리아의 기술에 관련된 연구자료가 책장에 빽빽하게 들어차 있었다. 그는 날마다 이곳에서 어떤 연구를 하고 있었을 것이다.

그 자료는 백기사들이 압수해갔기에 남은 것은 어린아이가 쓴 것 같은 일기뿐이었다.

나는 그것들 중 하나를 별다른 생각 없이 펼쳐보았고, 소름이 돋았다.

"라팔…… 너는…… 젠장……."

그것을 보다 보니 라팔이 일그러진 과정을 알아버렸기 때문이다.

어머니와 함께 보낸 즐거운 나날을 적다가 어느 날부터 별로 적지 않게 되었다. 그리고 갑자기 괴로운 심정을 적어나갔다. 아마 이때 어머니가 살해당했을 것이다.

하지만 라팔은 어렸기에 어머니가 아버지에게 살해당했다는 것은 알지도 못했고, 그저 유행병 때문에 죽었다는 거짓말을 믿고 있었다. 그리고 병이 전염될지도 모른다는 이유로 죽은 어머니를 볼 수도 없었다.

보게 해줄 리가 없었다. 왜냐하면 라팔의 아버지가 그 유리 용기에 넣어버렸기 때문이다.

그리고 열두 살이 된 라팔이 어느 날 젊은 여자를 데리고 어디론가 가곤 하는 아버지의 뒤를 쫓아가게 되었다. 그곳에서 봐버린 것이다. 죽인 여자를 유리 용기 안에 넣고 액체를 가득 채운 뒤 감상하며 즐기는 아버지의 모습을…….

방 안에는 그밖에도 많은 여자들의 시체가 나란히 보관되어 있었다. 그중에 어렸을 때 정말 좋아했던 아름다운 어머니의 모습을 발견해버렸다.

그 이후로 일기를 적지 않게 되었다. 있는 것은 엉망진창으로 헤집은 선뿐이었다.

나는 그 일기를 책장에 다시 꽂아두고 저택으로 돌아가기로 했다.

여기도 여자들의 시체를 다 옮기는 대로 철거하게 될 것이다.

다음 날. 록시의 제안으로 이웃 저택에 초대받게 되었다.

작은 새가 지저귀는 소리에 눈을 뜨고 자다가 눌린 머리를 다듬으며 거울 앞에 섰다.

"좋았어."

바르바토스 가문의 당주로서 부끄럽지 않은 느낌인가? 옷도 재빠르게 갈아입었다.

그리고 벽에 기대 둔 흑검 그리드를 들었다.

『호오, 오늘은 한층 더 기합이 들어가 있는데.』

"그야 그렇지. 오늘은 중요한 날이니까."

『하하핫, 시원스러운 표정을 짓게 되었구나. 얼마 전까지는 음침했으면서.』

"시끄러워."

『뭐, 그것도 그 아가씨 덕분이겠지. 그런데 괜찮겠냐? 폭식 스킬은 그 아가씨를 원하고 있는데.』

"나도 알아. 그래도 나 자신에게 거짓말을 하지 않기로 했으니까."

『그러냐……. 그렇다면 네 마음대로 해라.』

"그럼 갈까."

폭식 스킬에 대해서 록시에게 이미 전했다. 그래도 함께 있고 싶다고 말해줬다.

그렇게까지 말해주는데 나 혼자 겁내고 있었다니, 바보 같아져 버렸다.

나 혼자서 끙끙 앓기보다는 록시와 함께 다른 길을 찾을 수도 있겠다는 생각이 들었다.

"나도 그리드처럼 마음 편하게 살아보는 것도 괜찮다고 생각했거든."

『이 몸은 언제나 진지하다.』

"거짓말?!"

너는 거의 대부분 '이 몸은 무기니까'라고 적당한 말만 늘어놓잖아?! 정말 그런 부분이 적당적당하다고.

『이봐, 어서 가지 않으면 아론이 기다리지 않을까? 그 사람은 영감님이니까 잠이 없거든.』

"그렇겠지."

나는 방에서 나와 저택 가운데에 있는 계단을 내려갔다. 아론이 이미 그 아래에서 기다리고 있었다.

"늦어서 죄송합니다."

"아니, 아니, 내가 너무 일찍 와서 기다렸을 뿐이다. 그렇지, 브레릭 가문의 처우가 결정되었다."

"어떻게 되는 건가요?"

"성기사의 칭호는 박탈되고 모든 재산은 몰수, 가문은 없애게 되었다. 그래서 갈 곳이 없는 메밀을 내가 거두려 한다."

"네? 양자로 삼으시게요?!"

다시 말해 내 여동생이 될지도 모른다. 깜짝 놀랄 수밖에 없다.

아론은 미소를 지으며 고개를 끄덕였다.

"성기사 행세를 할 수는 없지만 말이다."

"그렇다면 가족이 된다는 건가요……."

"그래, 하지만 그녀에게 시킬 일이 있다. 그건 하인……, 다시 말해 메이드지."

"네에? 메밀은 메이드 일을 절대로 못할 것 같은데요."

"해봐야 알겠지. 그리고 그녀는 이번 일로 매우 반성하고 있다. 내가 신원보증인이 되어서 갱생의 길로 이끌어줄 생각이다."

메밀이 내 여동생이고, 바르바토스 가문의 메이드라고…….

기억에 남아 있는 그녀는 문지기였던 나를 '이 벌레가'라고 하면서 볼을 붉히며 내 얼굴을 밟아대곤 했다.

만약 메이드가 된다면 침대에서 자고 있는 나를 마찬가지로 '이 벌레님이'라고 하면서 깨우게 되는 건가? 왠지…… 터무니없는 메이드가 될 것 같은 예감이 드는데.

"검토해볼 여지도 없나요?"

"없다. 안심해라, 지금은 착한 아이가 되었으니까. 네가 걱정하는 일은 없을 게다."

"잘 때 발로 밟으면서 깨우지는 않겠네요."

"그게 무슨 소리냐?! 그게 네 취향인 게야?"

"죄송합니다. 실언을 했네요. 방금 그 말은 잊어주세요."

메밀은 내일쯤 이 저택에 온다고 한다. 마인이 떠나서 남자 두 명만 남아버린 저택이니 괜찮을지도 모르겠다.

조금이나마 활기가 생길 것이다.

아론은 마인을 딸처럼 귀여워했기에 떠났다는 사실을 알자마

자 충격을 받았다. 가끔 말하곤 한다. 영감의 즐거움이 한 가지 사라졌다고.

뭐, 나도 메밀을 받아들여야 한다고 생각한다. 왜냐하면 나는 그녀의 오빠인 라팔과 하드를 죽였으니까. 그녀도 내가 있는 곳으로 온다는 것에 뭔가 생각하는 바가 있을 것이다.

그럼에도 불구하고 바르바토스 가문의 일원이 된다면 나는 당주로서, 오빠로서 그녀를 제대로 지켜봐야겠다.

"메밀이 올 때까지 기대하면서 기다릴게요."

"말 잘했다, 페이트. 그럼 갈까."

"네."

저택의 문을 열자 바깥 문 쪽에서 낯익은 여자가 기다리고 있었다.

얼굴이 록시와 많이 닮았고, 분위기가 차분한 사람이었다.

나는 무심코 달려가서 말을 걸었다.

"어떻게 아이샤 님께서…… 이런 곳에."

"내가 오면 안 됐니? 모처럼 건강하게 만들어줬으니까 오랜만에 왕도로 놀러와 버렸어."

"놀러와 버렸다뇨?!"

"실은 말이지……, 방금 여기에 도착했어. 그래서 딸도 내가 여기 있다는 걸 몰라."

"비밀로 여기까지 오신 건가요?!"

"맞아. 록시는 깜짝 놀라겠지. 사실 건강해졌다는 것도 아직 알려주지 않았어. 만나서 직접 이야기하고 싶었으니까."

"으어어어어……."

메밀 다음에는 아이샤 님인가……. 게다가 딸인 록시를 깜짝 놀라게 해주겠다니…….

장난꾸러기 같은 표정을 보니 나까지 휘말리게 할 생각인 것 같은데.

아이샤 님은 내가 굳어버린 것도 아랑곳하지 않고 아론에게 말을 걸었다.

"아론 님! 십몇 년 만이네요!"

"아이샤로구나. 더 아름다워졌어."

"정말, 아론 님도 참. 빈말도 잘하신다니까."

아이샤 님은 기뻐하며 왠지 모르겠지만 내 어깨를 탁탁 때렸다. 정말 건강해지셨네……다행이다. 음~, 조금 지나치게 건강해진 건지도 모르겠는데.

그리고 록시에게 초대받은 시간이 다가오는 와중에 우리가 준비한 록시 깜짝 대작전(아이샤 님이 이름을 지었다)이 결행되려 하고 있었다.

제26화 록시의 초대

아이샤 님은 바르바토스 가문의 저택 정원 구석으로 나와 아론을 데리고 가자마자 당당하게 지시하기 시작했다.

"록시를 깜짝 놀라게 해준다. 이게 이번 미션입니다!"

"네에……."

내가 대충 대답하자, 아이샤 님이 나를 혼냈다.

"그래선 나중에 록시에게 잡혀살 거예요. 기합 단단히 넣고!"

"네!"

기운이 넘치는 아이샤 님이 내게 이것저것 참견한다. 아론을 그 모습을 보고 방긋방긋 웃고 있었다. 자신은 상관이 없으니 구경하겠다는 뜻이다.

"아론 님도 보조 부탁드릴게요."

"그, 그래. 최대한 도우마."

강 건너 불구경하는 줄 알았는데, 불똥이 튀었다. 좋았어, 이제 아론도 운명공동체다.

"우선 록시와 만난 다음에 즐겁게 이야기하면서 분위기를 잡아주세요."

"갑자기 난이도가 높은데요. 아이샤 님도 제가 어떤 사람인지 아시잖아요."

"무슨 소릴 하는 거죠? 페이트는 바르바토스 가문의 당주잖아요. 뛰어난 화술을 구사해서 여자의 마음을 빼앗아 보세요."

"으음~."

잘 생각해볼 필요도 없이 여자와 이야기할 기회가 별로 없었던 것 같다. 그리고 지금까지 자주 이야기한 사람은 아이샤 님, 록시, 마인, 에리스 정도밖에 없을 것이다. 큰일인데……, 다섯 손가락도 다 채우지 못했다고.

나는 조용히 땅바닥에 무릎을 꿇었다. 그런 나를 보고 그리드가 《독심》 스킬을 통해 말했다.

『쓸쓸하구나! 쓸쓸하구나! 쓸쓸하구나!』

"시끄러워."

『마인하고 에리스는 같은 대죄 스킬 보유자니까, 빼면 두 명인가……. 더 쓸쓸해졌구나아아아아!!』

"적당히 좀 하라고."

크윽, 그리드 이 자식……, 까불대기는. 정원에 꽂아서 장식으로 만들어줄까? 아니, 이미 만들어버렸다! 큰 나무 옆의 지면에 푹 박아버렸다.

"잠시 거기 있으라고."

『이봐, 이봐. 그건 아니지. 말을 하다 보니 그렇게 된 거야.』

"뭘 어떻게 말하면 그렇게 되는데! 반성하라고."

『잠깐, 잠깐. 이 몸도 파티에 가고 싶단 말이다! 잘 생각해봐라, 너 혼자서 록시가 즐거워질 만한 이야기를 할 수 있을 것 같으냐!』

"크윽."

역시 그리드다. 오랫동안 함께 지내긴 했지. 내 급소를 정확하게 찌르는데.

어쩔 수 없지, 그리드도 데리고 갈까. 그렇게 생각하고 지면에 박아넣었던 흑검을 빼내자 지켜보고 있던 아이샤 님이 끼어들었다.

"슬슬 이야기를 계속해도 될까요?"

"죄송합니다. 알고 계시겠지만 저는 그런 경험이 별로 없어서요."

"그렇군요……, 그렇다면 아론 님께 가르쳐달라고 하죠. 다 들었어요, 예전에는 나는 새도 떨어뜨릴 정도로 인기가 많았던 남자였다는 걸!"

"아니, 아니, 하하하하하하……."

아론은 곤란한 표정을 짓다가 웃으며 둘러댔다. 지금도 차분하고 멋지니까. 그의 젊은 모습을 상상해보니 나 같은 건 비교도 안될 것 같았다.

"아론이 젊었을 때는 왕도의 여자들이 쫓아다니고 그랬나요?"

"글쎄다."

부정하지 않는다니!! 내가 멋대로 젊은 아론 전설을 상상하고 있자니 그만하라고 말렸다.

"나는 철이 들었을 때부터 약혼자가 있었고, 평생 부인 말고 다른 사람을 사랑한 적도 없다. 그때는 반쯤 놀이 삼아 떠들어댄 것뿐이지."

"다음에 무용담을 이야기해주세요."

"그런 건 없다고 하는데……. 그나마 내가 조언을 해주자면 평소대로 하면 된다. 쓸데없이 신경을 쓰다 보면 위화감만 남게 되지."

"알겠습니다. 열심히 해볼게요."

상대방은 록시다. 딱히 모르는 사람과 이야기를 하는 게 아니다.

좋았어, 이건 어떻게든 될 것 같은데. 아니, 록시를 깜짝 놀라게 하는 미션이 없었다면 이런 생각도 하지 않고 하트 가문의 저택에 갈 뻔했다.

"아이샤 님은 어떻게 록시를 깜짝 놀라게 하실 건가요?"

"그건 말이죠⋯⋯."

나와 아론, 아이샤 님이 속닥거리며 의논하기 시작했다.

흔한 내용이었지만 그렇기 때문에 눈치가 빠른 록시에게 딱 맞는 것 같았다. 아이샤 님은 록시의 어머니라 그런지 딸을 잘 알고 있는 것 같다.

아이샤 님은 바르바토스 가문의 저택에 남았고, 나와 아론이 먼저 하트 가문의 저택으로 가게 되었다. 아이샤 님은 나중에 올 예정이다.

하트 가문의 바깥쪽 문은 열려 있었다. 마음대로 들어와도 좋다고 미리 이야기를 들었기에 신경 쓰지 않고 문을 지나갔다.

잘 손질된 커다란 정원을 나아가 분수 근처에 도착했다. 그곳은 정원 중앙이고 주위가 잘 보인다.

저택 서쪽 테라스에 사람들이 많이 모여 있었다. 그 안에 록시도 있었고, 나오는 요리의 배치를 척척 지시하고 있었다.

슬슬 약속한 시간이 될 텐데, 좀 더 기다리는 게 나을까? 나와 아론이 얼굴을 마주 보았다.

이대로 저곳으로 가면 방해가 될지도 모른다. 어떻게 할까 생각하고 있자니 저택 쪽에서 메이드장 씨가 안경을 반짝이며 나왔다.

그녀에게는 하인 시절에 신세를 많이 졌다. 록시를 따라 가리아로 가기로 결심했을 때 돈을 넉넉하게 준 사람이기도 하다.

"기다리고 있었습니다. 아론 님, 페이트 님."

그녀는 고개를 크게 숙여 인사했다. 지금은 나와 그녀의 입장이 달라졌기에 어쩔 수 없지만, 이런 거리감은 익숙하지 않았다.

"오랜만입니다. 그때는 감사했습니다. 그 돈 덕분에 무사히 가리아에 도착할 수 있었어요."

"그렇다면 다행이네요. 하지만 설마……, 그 페이트가 이런 형태로 돌아올 줄은 생각지도 못했어요. 앞으로 잘 부탁드립니다. 페이트 님."

보아하니 처음에 인사한 건 형식적이었던 것 같다. 내가 잘 알고 있는 메이드장 씨다.

그녀는 다시 아론에게 고개를 숙여 인사했다.

"아론 님, 처음 뵙겠습니다. 하트 가문의 메이드장을 맡고 있는 하루라고 합니다. 앞으로 잘 부탁드리겠습니다."

"나야말로 잘 부탁하네. 당신처럼 아름다운 여성이 메이드장이니 저택이 화사해서 부럽군. 부디 당신 같은 사람이 바르바토스 가문의 저택에도 와줬으면 좋겠는데."

"그, 그럴 리가요……, 농담이시겠죠."

오오, 일이 삶의 모든 것이었던 메이드장이 소녀처럼 얼굴을 붉히면서 어쩔 줄 몰라 하는데. 믿을 수가 없다……, 강철의 여자라는 별명이 있는 사람인데. 이러면 연철이잖아?!

요즘 아론과 함께 행동할 기회가 많아져서 어느 정도 짐작하고 있었다. 이 영감님은 여자라면 누구든 상관없이 마구 칭찬한다. 그리고 칭찬받은 여자들 중 대부분은 그리 싫지 않다는 태도를 보인다. 보아하니 젊은 아론의 인기남 전설이 다시 찾아올 날이 얼마 남지 않은 것 같다.

"하루 씨, 슬슬 안내해주시면 좋겠는데요……"

"헉, 제가 무슨 추태를!"

메이드장의 얼굴은 여전히 빨갛다. 아론에게 칭찬받아서 기쁜 건지. 아니면 들떠서 자신이 할 일을 제대로 하지 않았다는 게 부끄러운 건지.

독심 스킬을 사용하면 알아낼 수 있지만 그럴 수는 없으니까. 일단 따스한 눈길로 지켜봐주자.

"잠깐만요, 그렇게 보지 말아주실래요?"

"네, 죄송합니다."

누구처럼 너무 나댄 것 같다. 그리드가 《독심》 스킬을 통해 마침 잘 됐다는 듯이 말했다.

『혼나고 있네! 푸푸푸푸풉.』

"그래, 그래. 웃고 싶으면 웃으라고."

『푸푸푸푸풉, 푸푸푸푸풉, 푸푸푸푸풉, 푸푸푸푸풉.』

"너무 많이 웃잖아!"

메이드장의 안내를 받아 정원을 걸어가보니 록시가 있는 테라스가 가까워졌다. 하얗고 예쁜 드레스를 입은 그녀가 우리를 보고 방긋 웃었다. 가슴 쪽에서 푸른 보석이 달린 펜던트가 반짝이며 빛나고 있었다.

제27화 별것 아닌 행복

나는 손을 흔들며 록시에게 다가갔다. 그녀도 손을 살짝 흔들며 테라스에서 내려왔다.

록시는 이곳까지 안내해준 메이드장에게 고맙다는 인사를 한 뒤 활짝 웃으며 우리를 맞이해주었다.

"오늘은 잘 오셨어요. 페이, 아론 님."

그런 그녀의 모습을 보고 나도 모르게 넋이 나가 있자니 아론이 팔꿈치로 옆구리를 찔렀다.

"초대해줘서 고마워."

"오늘은 날씨가 맑아서 다행이네요. 요즘에는 눈이 계속 왔으니까요."

올려다본 하늘은 맑다. 어제까지 칙칙하고 무거운 구름이 끼어 있었다는 게 거짓말 같았다.

이제 겨울이 막 시작된 참이다. 봄의 숨결을 느낄 수 있을 때까지 몇 달 정도는 걸릴 것이다. 하지만 오늘만큼은 봄처럼 따뜻했다.

"어제는 눈이 꽤 많이 와서 아론하고 둘이서 눈을 치웠어."

"그런가요? 바르바토스 가문에서는 하인을 고용할 예정이 있나요?"

록시는 고개를 살짝 갸웃거리면서 나와 아론을 보았다.

나는 그쪽에 대해 아론에게 맡겼다. 그는 미소를 지으며 아무렇지도 않게 대답했다.

"브레릭 가문의 메밀을 거두려고 생각 중이다."

"네? 메밀 브레릭을요?"

그 말을 들은 록시의 반응은 나와 마찬가지였다. 하지만 깜짝 놀라면서도 기뻐했다. 고개를 끄덕이며 아론에게 이렇게 말했다.

"정말 좋은 일을 하시네요. 아론 님다워요."

"흐음. 생각이 있다면 메밀과 사이좋게 지냈으면 좋겠구나. 바르바토스 가문에는 나와 페이트밖에 없으니 말이다. 그리고 페이트는 좀 그러니까."

"그렇죠. 페이는 좀 그러니까……. 저도 부족하나마 메밀이 다시 일어설 수 있게끔 응원하겠습니다."

"고마워, 록시."

둘이서 메밀의 앞날에 대해 한데 뭉쳐 지원하자는 이야기를 하면서 분위기가 좋아졌다. 뭐, 좋긴 한데 그 전에 나는 다른 게 신경 쓰였다.

"록시, 메밀을 도와주는 건 기쁘긴 한데. 내가 좀 그렇다는 건 무슨 뜻이야?"

"음~, 그건 말이에요. 그렇죠? 아론 님."

"흐음. 좀 그렇지. 그런 부분이 좀 그렇다는 거다."

"정말 그렇다니까요."

"그런 건 됐으니 이쪽으로 오시죠."

록시와 아론은 재빨리 테라스로 가버렸다. 메이드장도 나를 힐끔 보고 한숨을 쉰 뒤 그녀들을 따라갔다.

무슨 뜻일까……, 좀 그렇다는 게. 놀랍게도 메이드장까지 그렇게 생각하는 것 같았다.

오랫동안 함께 지냈던 그리드에게 물어보는 게 나을 것 같다. 잘난 척을 해대는 녀석이지만 이럴 때는 의외로 믿음직하다.

"저기, 록시하고 아론이 말했던 게 무슨 뜻일까?"

『그런 부분이 좀 그렇다는 거다. 좀 성장했나 싶었는데 이런 꼬락서니냐.』

"크윽, 그리드까지 그런 말을 하다니…….."

『이봐, 풀죽어 있을 시간이 없다. 록시가 부르잖아.』

정신없이 싸움만 하다 보니 좀 그렇게 되어버린 모양이다. 아니면 원래부터 좀 그랬던 건가? 고민이 되긴 하지만 오늘은 록시가 모처럼 초대해준 중요한 날이다. 테라스로 달려가 그녀가 있는 곳으로 갔다.

그때 나와 록시 사이를 가로막는 사람이 있었다. 머리카락이 갈색인 소녀였다.

어라? 이 아이는 어디선가 본 적이 있는 것 같은데……. 앗, 가리아의 대협곡에 갔을 때 함께 행동했던 왕국군 중 한 명이다. 분명 이름이 밀리아였을 텐데.

그때는 해골 마스크를 쓰고 있었지. 그리고 어쩌다 보니 같은 곳으로 향하던 록시가 이끄는 왕국군에 끼게 되어버렸다.

툭하면 시비를 걸었고, 내가 록시에게 다가가려 하면 들고 있던 마검 플랑베르쥬로 공격하려 했다. 그래, 지금처럼.

"원수는 외나무다리에서 만난다더니! 설마 그때 그 해골 마스크가 당신이었을 줄은 몰랐네요. 바르바토스 가문의 당주라 해도 경애하는 록시 님과 제 사이에 끼어드는 건 용서 못 해요!"

"으아앗. 위험하다니까."

설마 이런 곳에서 가리아에 있었을 때처럼 마검을 휘두를 줄은 몰랐다. 이 녀석, 그때 이후로 전혀 성장하질 않았네. 록시 이야기만 나오면 눈에 보이는 게 없다.

하지만 검 실력은 많이 늘었다. 불꽃이 깃든 예리한 참격이 이쪽저쪽에서 날아든다. 그것을 피하고 있자니 밀리아가 부조리하게 따지는 말도 날아들었다.

"너무 많이 피하잖아! 가끔은 맞으라고."

"말도 안 되는 소리 하지 마! 그리고 나는 일단 손님이거든? 슬슬 사이좋게 지내자고."

"제게서 록시 님을 빼앗으려 하는 자는 적입니다."

"적이라고?!"

밀리아가 내려친 타오르는 마검을 두 손으로 막아냈다. 왜냐하면 나는 E의 영역이기에 거기에 도달하지 못한 밀리아의 공격은 통하지 않기 때문이다. 게다가 불꽃 내성 스킬까지 가지고 있으니 그야말로 밀리아의 천적이다.

"반칙이에요. 크으……, 너무 강해요."

"알았으면 이제 포기하라고."

"포기 못 해요!"

이 녀석……, 여전하네. 어쩔 수 없지. 억지로라도 마검을 빼앗아서 무력화시키자.

그렇게 생각하고 있자니 밀리아의 보호자 역할—— 부대장인 무간이 나타났다. 단련된 육체가 우락부락해서 역전의 강자라는 분위기가 느껴진다.

그도 밀리아와 마찬가지로 가리아의 대협곡에 갔을 때 알고 지내게 된 왕국군 중 한 사람이다.

　무간은 익숙한 솜씨로 밀리아의 목덜미를 잡고 들어 올렸다.

　"앗, 지금은 중요한 일을 하고 있으니까 방해하지 말아주세요."

　"네가 록시 님의 파티를 방해하고 있는 거라고!"

　풀이 죽은 밀리아를 곁눈질하며 무간에게 인사했다.

　"오랜만이야, 무간."

　"그래, 오랜만이군. 이제야 그 해골 마스크를 벗을 수 있게 되었구나. 그런데 깜짝 놀랐다고. 설마 그때 만났던 네가 바르바토스 가문의 당주님이었을 줄이야. 어이쿠, 존댓말을 해야지."

　"아니, 그럴 필요 없어. 평소처럼 이야기해주는 게 더 기쁘니까."

　"그거 고맙군. 왕도의 군사구에서 꽤 심하게 날뛰었다면서."

　"그래도 피해를 최소한으로 막으려고 노력했다고. 아, 그렇지. 무간의 딸이 군사구에서 연구자로 있다고 했지? ……괜찮은 거야?"

　군사구에서는 희생자가 적지 않게 나왔다. 나와 라팔이 벌인 전투로 인해 근처에 있던 연구시설에 큰 피해가 생겼다. 그리고 지상으로 나온 나이트 워커들에게 습격당한 사람도 있었다.

　만약 거기에 휘말려버렸다면 정말 미안하다. 하지만 무간은 웃어넘기면서 말했다.

　"하하하! 창피하지만 내 딸인 라이네는 그렇게 큰 소동이 벌어졌는데도 연구에 몰두하느라 눈치채지 못했다는데."

　"다행이다. 그런데 그렇게 전투……, 피난 경보가 울리는 와중에 용케도 연구를 할 수 있었네."

"뼛속까지 연구자거든. 특히 가리아의 유산만 보면 정신을 못 차려. 내가 생각하기에는 슬슬 결혼을 해서 자리를 잡아줬으면 좋겠는데."

무간은 그렇게 말한 다음 밀리아가 마음대로 움직일 수 없게 끔 어디선가 꺼낸 밧줄로 묶었다. 그런데 호랑이도 제말하면 온 다더니.

"파파, 또 밀리아하고 놀고 있네."

"라이네! 이건 노는 게 아니다. 엄연한 직무야. 지금 록시 님의 파티에서 날뛴 불경한 자를 체포한 참이다. 이제 감옥으로 연행할 거고."

무간의 딸인 라이네는 파티인데도 불구하고 정장을 입지 않았고, 여기서 연구라도 시작할 것 같은 백의 차림이었다. 붉은색 계열에 웨이브로 말려 있고 긴 머리카락이 인상적이었고, 졸린 듯한 표정을 짓고 있었다.

그리고 밀리아는 감옥에 가두겠다는 무간의 말을 듣고 겁을 먹었다.

"거짓말?! 거짓말이죠? 무간 씨?"

"나는 언제나 진심이다. 자, 이쪽으로 와라. 여기에는 감옥이 없지만 내가 맨투맨으로 함께 있어주지. 자, 가자."

"으엑."

무간은 밀리아를 데리고 테라스 반대 방향으로 가버렸다. 모처럼 록시가 초대해줬는데, 저 두 사람은 대체 뭘하러 온 걸까. 뭐, 무간과 밀리아는 항상 저런 느낌이었으니 괜찮겠지.

그렇게 생각하고 이번에야말로 록시가 기다리는 곳으로 가려 했는데, 무간의 딸인 라이네가 내 팔을 잡았다.

"그 흑검……, 대죄무기지?"

"어?"

"흐음~, 역시 그렇구나. 나는 《독심》 스킬을 가지고 있어……, 아, 마찬가지구나."

졸린 듯한 표정을 지으며 내 마음을 《독심》 스킬로 들여다본 것이다. 그리고 허를 찔려서 내 《독심》 스킬이 발동되어버리자 라이네의 마음이 흘러들어와 버렸다.

(독심 스킬을 가진 사람들끼리 이야기를 하는 건 처음이야. 왠지 신기한 느낌이네. 나는 그 흑검에 흥미가 있어……, 그리고 당신에게도. 만약 괜찮다면 내 연구실로 찾아와. 장소는 여기니까.)

라이네는 일방적으로 종이에 적은 연구실로 가는 길을 떠넘기고는 무간과 밀리아가 있는 곳으로 가버렸다. 개방적인 무간과는 달리 라이네는 속을 알 수 없는 느낌이 조금 무서웠다.

하지만 그녀는 가리아의 유산에 대해 연구하고 있다고 한다. 그리드와 에리스, 마인은 내게 그런 것을 가르쳐주지 않는다. 아마 자신의 힘으로 도달하라는 뜻인 것 같다. 그렇다면 이 기회를 놓칠 수는 없다.

하지만 그건 나중에 할 일이다. 멀어져가는 라이네의 뒷모습에서 눈을 돌리고 록시와 다른 사람들이 있는 테라스로 향했다.

"좀처럼 와주지 않길래 무슨 일인가 싶었네요. 페이는 정말……, 진짜."

"흐음, 다른 곳으로 새는 건 바람직하지 못하지."

"둘 다 제대로 보긴 했어? 밀리아가 마검을 휘둘렀는데……."

내 필사적인 호소를 듣고 록시와 아론이 참고 있던 웃음을 터뜨려버렸다.

"후후훗, 미안해요. 밀리아는 나중에 혼낼게요."

"괜찮으려나. 밀리아는 록시를 정말 좋아하니까 오히려 기뻐할 것 같아."

"무슨 소릴……, 이래 봬도 가리아에서는 왕국군을 이끌었거든요? 해골 마스크를 쓰고 있던 누구 씨는 잘 알고 있을 텐데요."

"윽, 그 말을 해버리면 받아칠 수가 없잖아."

가리아에서 록시와 다시 만난 뒤로는 페이트가 아니라 해골 마스크를 쓴 무인 무쿠로로서 싸웠다. 인식 저해의 힘을 지닌 해골 마스크. 하지만 가리아의 대협곡에서 함께 행동했을 때, 그녀는 해골 마스크를 쓴 내가 하는 행동을 보고 어떤 사람(페이트)과 닮았다고 말했다.

그때 나는 해골 마스크를 쓴 채 식은땀을 잔뜩 흘렸다. 그것도 웃어넘길 수 있게 된 건 내가 지금 분명히 만족하고 있기 때문일 것이다.

나와 록시가 웃고 있자니 아론이 신경을 써준 건지 파티에 와 있던 예전 지인들에게 인사하러 가버렸다. 메이드장은 손님을 맞이하느라 바쁜 것 같다.

"둘만 남아버렸네요. 우선 뭐라도 드실래요?"

"아까부터 맛있을 것 같은 냄새가 나길래 신경 쓰였어. 저건 바비큐인가?"

"네, 맞아요. 가리아로 원정을 떠났을 때 자주 이렇게 먹곤 했죠. 이렇게까지 고급 식재는 아니었지만 모두 둘러앉아 먹는 게 즐거워서 여기로 돌아오면 꼭 하려고 마음먹었어요."

의기양양하게 말한 록시가 내게 다가와 몰래 귓속말을 했다.

"사실 메이드장은 겨울이라 춥다고 반대했거든요. 하지만 밀어붙였죠."

"록시답네."

채소와 고기가 꼬챙이에 꽂힌 채 철망 위에서 치익치익 소리를 내며 구워지고 있었다. 그렇게 구워진 것 중 하나를 록시에게 받아서 베어물었다.

"맛있다! 소금하고 향신료가 적당히 뿌려져 있어서 괜찮은 느낌이네."

"어머, 그런가요?!"

매우 기뻐하는 록시에게 물어보니 이번 바비큐 사전 준비는 그녀가 했다고 한다. 깜짝 놀랐다. 내가 알고 있던 록시는 요리 같은 걸 하지 않았기 때문이다. 아버지가 돌아가신 뒤로 가문을 이어받고 성기사의 직무가 바빠서 저택과 성을 오가기만 했다.

이런 걸 할 수 있게 되었다는 것은 록시가 자신만의 시간을 낼 수 있게 되었다는 증거다. 왕도의 여왕인 에리스의 배려일지도 모르겠다. 오늘은 록시의 파티에 오지 않았으니 다음에 만나면 나대지 않을 정도로만 칭찬해야겠다.

"최근에는 요리를 공부하고 있어요. 다음에 뭐라도 대접해드릴게요."

"그거 기대되는데. 나는 단순하게 굽거나 끓이는 것밖에 못 만드니까."

"페이는 고기를 좋아하니까 양배추롤 같은 건 어때요?"

"오, 맛있을 것 같은데!"

아직 멀었는데도 록시가 만들어준 양배추롤를 상상해버렸다. 분명 이 바비큐와 비슷할 정도로 마음이 푸근해지는 맛이 날 것 같다.

잔뜩 주운 고기와 채소를 록시와 함께 먹기 시작했다. 그런 내게 그리드가 《독심》 스킬을 통해 말했다.

『뭐야, 이야기를 잘 나누고 있잖아. 이 몸이 나설 차례는 없을 것 같군.』

"고마워, 그리드."

『갑자기 기분 나빠지는 녀석일세.』

"지금은 그런 기분이야."

기분에는 여러 가지 색이 있다. 그중에서 행복한 기분은 가장 강한 색일지도 모른다. 내 마음속에 있는 검은색과 붉은색, 푸른색 같은 색들을 물들여버리니까.

그녀에게 받은 이 마음을 잃지 않기 위해서라도 아직 해야할 일이 남아있다. 폭식 스킬에 침식당해가는 지금 상태를 완전히 벗어나는 것이다.

그리드의 예전 사용자였던 남자── 전 폭식 스킬 보유자는 그것을 해내지 못한 모양이다.

하지만 그리드는 결코 불가능하다고 하지 않았다. 그리드는 지금까지 함께 지내면서 터무니없는 말을 하긴 하지만 거짓말을 하지 않는 녀석이라는 사실을 알고 있다.

그렇다면 내게는 남겨진 길이 반드시 있을 것이다.

록시와 이야기를 나누면서 사람들이 있는 곳에서 조금 떨어진 위치에 앉았다. 아론 이야기로 넘어갔다.

그와 만났던 이야기를 록시에게 했다. 가리아로 가다가 우연히 들른 마을―― 갈곳을 잃은 사람들이 모여 살던 곳에서 만났다는 것. 처음 만난 사이인데도 잘 돌봐주고 검술의 기초까지 가르쳐 주었다는 이야기를 했다.

록시는 그 이야기를 들으면서 의기양양하게 말했다.

"알고 있어요."

"어?"

"리치 로드를 쓰러뜨리고 하우젠을 해방시켰죠?"

"어째서?! 어떻게 아는 거야? ……아, 그렇구나."

"이제야 알아차린 모양이네요."

내가 하우젠을 떠난 뒤에 록시가 나와 교대하는 듯이 재건되기 시작한 하우젠에 들른 것이다. 그곳에서 아론과 만났고.

가리아에서 록시와 한 판 붙었을 때 아론을 만났다고 했다. 그때, 그에게 성검기의 아츠,《그랜드 크로스》를 성검에 담아두는 기술을 배운 거구나.

눈치가 없는 나를 보고 록시는 볼을 부풀리며 불만이라는 표정을 지었다. 하지만 바로 미소를 지으며 말했다.

"아론 님이 페이트와 합류했을 때 말씀하지 않으시던가요?"

"응. 그런 이야기를 떠들어대는 사람이 아니니까."

"하긴, 그렇겠네요. 아론 님다워요. 그렇다면 그때 이야기를 하죠."

록시는 잠시 재건을 도우면서 아론에게서 성검을 다루는 법을 배웠다고 한다. 《그랜드 크로스》를 성검에 담아두는 것을 좀처럼 성공시키지 못해서 고생한 모양이다. 그때, 하우젠에 숨어 있었던 리치 로드가 나타났다고 했다.

"관마물인 리치 로드가 또 있었다고?! 으아! 아론은 그런 이야기를 전혀 하지 않던데……."

"아론 님이니까요. 그리고 관이 없는 리치 로드였어요. 그때 페이가 아론 님께 가르쳐준 기술을 써서 쓰러뜨렸죠. 자, 그게 뭘까요?"

퀴즈인가? 장본인인 내가 대답하지 못하면 창피하다.

음, 아마 나와 아론이 힘을 합쳐서 공격을 가했을 때 이야기를 하는 건가?

"혹시 그랜드 크로스를 겹쳐서 쓰는 거?"

"정답이에요! 아론 님께서 칭찬하셨어요. 성기사는 항상 단독으로 싸우니까 그렇게 아츠를 겹치는 발상에 감명을 받았다고요. 저도 마찬가지예요."

"왠지 쑥스럽네……, 그렇게 대단한 건 아닌데."

"다음에는 저하고 함께 해보실래요?"

왠지 엄청나게 기대되는 눈빛으로 바라보고 있다. 그리고 거리감이 너무 가깝다. 곤란해져서 대충 대답해버렸다.

"안 해주실 건가요……."

"아니, 아니. 그런 게 아니라."

"그럼 여기서 시험삼아 해볼까요? 페이는 이미 흑검을 가지고 있으니까, 저는 성검을 가지고 올게요."

"어? 여기서 그런 짓을 하면 다들 깜짝 놀랄 거야."

자리에서 일어나 방으로 가려던 록시는 내가 당황하는 모습을 보고 만족했는지 혀를 살짝 내밀고 말했다.

"농담이에요. 페이는 정말 쉽게 걸려든다니까."

"또…… 당해버렸네."

하트 가문에서 하인으로 일할 때부터 이렇게 별것 아닌 그녀의 농담에 휘둘리곤 했다. 설마 이번에도 그럴 줄은 몰랐다.

하지만 그래서 예전으로 돌아간 것 같아 마음이 편하다.

"하우젠의 재건은 진행되고 있나요?"

"그래, 순조로워. 아는 무인 중에 바르도라는 사람이 있는데, 그가 이끌고 있는 50명 정도 되는 팀에게 하우젠의 경비를 맡겼어. 이제 마물이 습격해도 안심이야. 그리고 세트라는 소꿉친구에게 상업 관련 지휘를 부탁한 느낌이고. 지금부터 시작이지."

"어머, 잘됐네요. 다음에 하우젠에 가면 꼭 소개해주세요."

"그래. 개성적인 녀석들밖에 없지만."

바르도는 란체스터 영지에서 샌드 골렘과 싸웠을 때 알고 지내게 된 무인이다.

다시 만나길 바라고 있었는데 놀랍게도 하우젠에서 아론과 함께 재건을 돕고 있었다. 이유를 물어보니 그들은 예전에 아론에 부하였다.

주인이 다시 검을 들었다는 소문을 듣고 달려온 모양이었다.

뜻밖에도 다시 만나게 되자 세상도 좁다면서 함께 웃었다.

지금도 예전에 아론의 부하였던 사람들이 계속 하우젠으로 모이고 있다.

세트와는 고향인 산속 마을이 가고일에게 불타버렸을 때 헤어졌다. 그 이후로 그는 상인으로서 꾸준히 노력하고 있었다. 그도 여행하는 행상인으로서 하우젠에 온 것이다.

재건하기 위해 석재를 나르고 있다가 낯선 얼굴이 마차를 타고 다가온다 싶었는데, 세트도 나를 보고 똑같은 표정을 지었다.

오랜만의 재회였다. 외동딸도 건강했고 아버지와 함께 여행할 수 있어서 즐거운 모양이었다.

장사도 어느 정도 익혀서 슬슬 자리를 잡을 곳을 찾고 있다고 했기에 하우젠에서 상단을 지휘해달라고 부탁해보았다.

내 제안을 듣고 세트는 깜짝 놀랐다. 잠시 생각할 시간이 필요하다고 하면서 진지한 표정을 짓던 것이 기억난다.

내게 있어서 세트와의 과거는 고향이 불탔을 때 끝났다. 그래서 그가 상인으로서 보여준 한결같은 모습이라면 맡길 수 있을 거라 생각했다.

며칠 뒤, 세트는 하우젠에 머무르게 되었다.

록시는 이야기를 들으면서 지금 내가 왕도에서 하려는 일에 대해 물었다.

"왕도의 슬럼가에서 사는 사람들을 하우젠으로 데려간다는 게 사실인가요?"

"그래. 여기에 있으면 그들에게 미래가 없으니까. 에리스가 왕국을 바꿔가겠다고 약속해줬지만 그러려면 시간이 걸리겠지. 그리고 하우젠이 그걸 시작하기에는 가장 편한 곳이니까."

"제가 할 수 있는 일이 있다면 말해주세요."

록시는 미안한 듯한 표정을 짓고 있었다. 지금까지 하트 영지에서 가지지 못한 자들을 받아들이지 못했다는 사실을 부끄럽게 여기고 있는 건가? 그건 어쩔 수 없는 일이다.

하트 영지 주민들을 배려할 필요도 있다. 나처럼 왕도의 가지지 못한 사람들을 자신의 영지에 끌어들이겠다고 다른 성기사들 앞에서 대놓고 말하면 쓸데없는 싸움이 벌어지게 된다. 루돌프 란체스터처럼 덤벼들 것이다.

백성의 편인 하트 가문이 더 이상 눈에 띄는 행동을 하면 성기사들의 세계에서 고립될 수밖에 없는 것이다.

뭐, 처음부터 고립된 나는 하고 싶은 대로 했지만.

그것도 이제 과거다. 왕도의 여왕인 에리스를 동료로 삼았으니 더 하고 싶은대로 할 수 있다.

"악당 같은 표정을 짓고 있네요. 에리스 님하고 뭔가 꿍꿍이를 꾸미려는 거죠?"

"어어……? 어떻게 알았어?"

"페이는 얼굴에 잘 드러나니까요."

록시는 그렇게 말하고 내 손에 자신의 손을 겹쳤다. 너무 갑작스러워서 《독심》 스킬을 바로 제어하지 못하고 발동시켜버렸다.

(무슨 나쁜 꿍꿍이를 생각한 거죠?)

"잠깐, 독심 스킬이……"

(저는 신경 안 써요. 페이라면 마음을 읽어도 괜찮아요. 그리고 읽힐 거라는 걸 알고 있다면 이런 것도 할 수 있거든요.)

"어? 뭔데?"

(앗, 페이! 위험해요! 뒤에서 밀리아가 마검을 휘두르려해요!)

"으아아아아악."

나는 의자에서 굴러떨어져버렸다. 허둥대며 뒤를 보았지만 아무도 없었다.

당했다……. 독심 스킬을 사용한다는 걸 알고 있으면 마음속으로 그렇게 거짓말도 할 수 있는 것이다.

록시에게는 이미 내가 독심 스킬을 비롯해서 어떤 스킬을 가지고 있는지 알려주었다. 물론 폭식 스킬에 대해서도.

덤으로 그리드에 대해서도 알려주었다.

"아아아아, 재미있었네. 나한테도 독심 스킬이 있으면 좋을 텐데."

"어째서."

"그리드 씨하고 이야기해보고 싶으니까요."

"이 녀석하고? 그만두는 게 좋을걸? 잘난 척만 하고, 말버릇이 매우 안 좋거든."

"그런가요……. 오히려 신경 쓰이네요."

록시는 흥미진진하다는 듯이 내가 들고 있던 흑검 그리드를 빤히 바라보았다.

그리드는《독심》스킬을 통해 신이 나서 말했다.

『봐줄 만한 구석이 있는 아가씨로군. 이 몸하고 이야기를 하고 싶다니! 이 몸은 인기가 참 많아!』

"너는 조용히 하고 있어."

나와 그리드가 이야기를 하고 있자 그 모습을 본 록시가 고개를 끄덕이며 납득하고 있었다.

왜 그러냐고 물어보았다.

"페이가 하인이었을 때 자주 흑검을 들고 중얼거리는 버릇이 있었잖아요. 하인들 사이에서는 유명했으니까요. 그 수수께끼가 풀린 거죠."

"으아아아아, 그래도 사실이니까."

"그리드 씨가 목소리를 낼 수 있게 되면 좋겠는데요."

"그건 힘들 거야? 안 그래? 그리드."

『아니, 가능하다.』

"뭐어??"

갑작스럽게 알게 된 진실 때문에 다시 의자에서 굴러떨어져 버렸다. 지금까지 독심 스킬을 통해서만 대화할 수 있는 줄 알았는데, 이럴 수가.

『뭐, 다음 위계를 얻는다면 말이지만. 그렇게 되면 이 몸이 잃어버렸던 기능 중 몇 가지를 고칠 수 있을 것 같다. 그중에 염화(念話)도 포함되어 있지.』

"정말로?"

그런 말은 미리 해줬으면 좋겠다. 다음 위계라면 제5위계인가? 아직 거기에 도달하지는 못했으니 아직 먼 것 같다. 그래도 기대된다.

이렇게 뒤틀린 성격도 다른 사람과 대화를 나누면서 교정할 수 있을지도 모르니까.

미소를 짓고 있자니 록시가 나를 들여다보면서 말했다.

"무슨 이야기를 하고 있었나요?"

"그리드가 다음 위계를 해방시키면 다른 사람하고도 이야기할 수 있게 될지도 모른대."

"그거 정말 멋지네요. 기대가 돼요. 잠깐 그리드 씨를 만져봐도 될까요?"

"상관없는데. 그리드, 너도 괜찮지?"

그리드가 싫어하지 않았기에 록시에게 건넸다. 뭘 하려는 거지?

자리에서 일어난 록시가 흑검을 뽑아든 뒤 좌우로 비틀대면서 괴로운 표정을 짓고 몸을 웅크렸다.

어? 뭐지? 왜 그러지?

그렇게 걱정하는 나를 내버려두고 록시가 오른쪽 눈을 누르며 말했다.

"크윽……, 폭식 스킬이 욱신대는군. 아직 부족하다, 더!"

"으아아아아아아아, 그만 좀 해주실래요?"

"어때요? 비슷하던가요? 가리아에서 페이트가 보여줬던 걸 따라해봤어요."

흑검을 칼집에 넣고 만족스러운 표정으로 돌려주었다. 참고로 그리드는 대폭소를 터뜨리고 있었다.

이야기를 들어보니 록시는 내 흉내를 한 번 내보고 싶었다고 한다. 다른 사람이 보기에는 내 행동이 그렇게 우습게 보이는 건가? 검증해볼 필요가 있을 것 같다.

그러고 보니 마인도 흉내를 냈었지. 아……, 에리스도 흉내를 냈었다. 이거, 설마?! 아니, 더 이상 생각하지 말자.

그리드가 《폭식》 스킬을 통해 말했다.

『다시 말해 흉내내고 싶어질 정도로 재미있다는 뜻이지. 잘됐구나!』

"잘되긴 뭐가! 진짜 너."

이렇게 된 이상 이번에는 내가 록시를 흉내낼 차례다. 그렇게 말하자 그녀가 당황했지만 봐줄 생각은 없다.

"그러지 마세요. 대체 무슨 흉내를 내시려고."

"후후후후후훗, 보여줄 때까지 기대하도록 해."

"그럼 저는 눈을 감고 있을 테니 하세요!"

"그건 안 돼."

즐거운 시간은 눈 깜짝할 새에 지나가는 법이다. 그렇기에 나는 정작 중요한 것을 깜빡하고 있었다.

그렇다, 록시의 어머니인 아이샤 님 이야기다.

록시를 깜짝 놀라게 해줄 작전을 생각하다가 내가 깜빡 잊은 바람에 참을성이 바닥난 그녀가 록시 바로 뒤까지 다가와 있었던 것이다.

이미 주위에 있던 사람들은 아이샤 님이 나타나자 깜짝 놀라고 있었다. 하지만 그녀가 집게손가락을 입 앞에 들고 조용히 하라고 했기에 조용해졌다.

제29화 아이샤 하트

록시가 나를 보며 고개를 갸웃거리고 있었다. 그럴 만도 했다.

이야기를 하다가 갑자기 굳은 채로 록시의 뒤를 보고 있었기 때문이다.

"왜 그러시나요?"

그녀가 그렇게 말하면서 뒤쪽을 보려 했기에 나는 허둥대며 아무것도 아니라면서 헛기침을 하고 둘러대 보았다. 서투른 변명을 듣고 그리드가 피식 웃는 소리가 들렸다.

『너무 허접한데.』

크윽…….

하지만 받아칠 여유 같은 건 없다. 아이샤 님이 록시 뒤에서 조용히 재촉하고 있었기 때문이다. 잘 생각해보니 이렇게까지 가까이 와 있으면 록시가 기척을 느낄 수 있을 것 같은데.

알아차리지 못하고 있으니 아이샤 님이 기척을 숨기는 능력이 성기사의 능력을 훨씬 뛰어넘은 건지도 모르겠다.

어이쿠…… 그런 생각을 하고 있을 때가 아니었다.

미리 정해두었던 대로 할 수밖에 없다.

"록시, 잠깐 눈을 감아봐."

"왜 그러시죠? 아, 알겠어요. 제 흉내를 내려는 거죠?"

"그건 아까 했으니까 아니지."

"혹시 선물이라도 주시려는 건가요?"

기대로 가득 찬 표정으로 나를 바라보는 록시. 절반은 맞고 나머지 절반은 빗나간 것 같은 느낌이다.

그래서 애매하게 대답해버렸다.

"확실하지가 않네요. 좋아요……, 자요!"

그럼에도 불구하고 록시는 순순히 눈을 감아주었다. 나는 이때다 싶어서 아이샤 님과 자리를 바꾸었다.

"왜 부스럭거리는 거죠? 이제 됐나요?"

"조금만 더 기다려!"

"으으으으……, 대체 뭘하고 있는 건가요……."

록시 앞에 아이샤 님이 섰으니 준비 완료!

아이샤 님도 언제든 괜찮다는 신호를 보냈다. 주위에 있던 사람들도 우리가 하는 행동을 보고 어느 정도 이유를 짐작한 모양이었다. 아론도 조금 떨어진 곳에서 미소를 지으며 상황을 지켜보고 있었다.

"록시, 눈을 떠."

"이제야 끝났나 보네요. 음, 뭘까요……, 아앗!!"

그녀는 입을 벌린 채 굳어버렸다.

그러자 아이샤 님은 손가락으로 V자를 그리며 록시 깜짝 대작전이 무사히 성공했다며 기뻐하고 있었다.

정신을 차린 록시가 아이샤 님의 어깨를 잡고 흔들었다.

"어째서 어머님께서?! 얼마 전에 영지에서 온 편지에는 몸 상태가 좋으니까 바로 오지 않아도 된다고 적혀 있었는데요……."

"그래, 매우 건강해져버려서 내가 만나러 가겠다는 뜻이었단다."

"저저저기, 무슨 상황인지 모르겠는데요……."

록시가 동요할 만도 하다. 아이샤 님은 누군가가 부축해주지 않으면 걸어다닐 수 없을 정도로 몸이 약해진 상태였으니까.

그런데 금방 펄펄 날아다닐 정도로 건강해졌으니 누구라 해도 놀랄 것이다.

병을 낫게 한 나조차 너무 달라진 모습을 보고 당황했을 정도다. 평소부터 어머니의 몸 상태를 잘 알고 있던 록시라면 나와 비교도 되지 않을 것이다.

아이샤 님은 아무렇지도 않게 말했다.

"나도 자세한 건 잘 모르는데, 페이트가 낫게 해줬어."

"페이가요?! 그게 무슨 소리죠?"

"그건……."

나는 록시가 다그치자 도망칠 곳을 잃어버렸다. 그녀는 말하지 않으면 잡은 손을 놓지 않겠다는 듯이 바라보았다.

내가 생각하기에는 대단한 게 아니었기에 쓴웃음을 지으며 흑검 그리드를 뽑아들었다.

그리고 흑검을 흑장으로 변형시켰다.

"그런 식으로 형태가 변하는군요. 지팡이 말고도 마궁과 낫, 마순이었던가요?"

"그래. 이건 천룡을 쓰러뜨려서 얻은 스테이터스를 사용해서 해방시킨 힘이야."

"그때……."

왠지 록시는 기뻐보였다.

가리아에서는 해골 마스크로 얼굴을 가리고 있었지만, 결국 천룡의 공격을 견뎌내지 못하고 얼굴을 드러내버렸다.

내 얼굴을 보고 눈물을 흘린 그녀. 그때, 무슨 짓을 해버린 거냐는 생각이 들어서 가슴이 답답해졌다. 그것은 지금도 어제 있었던 일처럼 생생하고 잊을 수 없는 기억이다.

설마 그때 포기했던 록시의 부드러운 미소를 다시 보게 될 줄이야…….

그게 기뻐서 록시에게 고맙다는 말을 하고 있자니.

"잠깐 괜찮을까? 내가 있다는 걸 잊어버린 거 아니니?"

아이샤 님이 나와 록시 사이에 끼어든 것이다.

"그래, 그래, 둘만의 세계는 나중에 해줄래?"

"그런 건 아닌데……. 그렇죠? 페이."

"그래, 그래. 놀리지 말아주세요."

나는 헛기침을 하고 흑장을 록시와 아이샤 님께 보여주며 설명했다.

"예를 들어서 그리드의 제4위계, 이 상태로 스테이터스를 바치면 강력한 오의를 발동시킬 수 있어. 각 형태마다 오의가 다르고."

나는 각 오의에 대해 말하기 시작했다.

제1위계(마궁)는 블러디 터미건. 번개 같은 속도로 넓은 범위를 날려버린다.

제2위계(낫)는 데들리 인페르노. 마력이 집중되어 있는 급소를 공격함으로써 대상이 불사신이라 해도 죽일 수 있다.

제3위계(마순)는 리플렉트 포트리스. 대상의 공격을 몇 배로 만들어 튕겨낸다.

그리고 제4위계(마장)는 트와일라잇 힐링. 어떠한 상처나 병도 고칠 수 있다.

조용히 듣고 있던 록시가 고개를 끄덕였다.

"그렇군요, 이번에는 어머님의 병을 고치기 위해서 트와일라잇 힐링을 써주신 거네요. 감사합니다, 페이. ……너무 기운이 넘치는 게 신경 쓰이지만요."

"나도 그렇게 생각해. 아이샤 님께서 이렇게 되어버릴 줄은 몰랐어."

"정말, 둘 다 듣고 있자니 말이 심하네. 건강해졌으니까 솔직하게 기뻐해도 되잖아."

그러자 록시가 눈살을 찌푸렸다.

"그럼 딸을 속이고 이런 짓을 하지 말아주세요."

"으으으으, 서프라이즈인데. 페이트도 그렇게 생각하지?"

"어……, 음…………, 그, 그렇죠."

"잠깐, 그러게 말하면 내가 안 내키는 일을 시킨 것 같잖아. 정말."

처음에는 안 내키는 일 정도가 아니라 거의 억지로 밀어붙였던 것 같다. 뭐, 결국에는 나도 신이 났으니까 거드는 게 좋을 것 같다.

"아이샤 님께서는 영지에서 여기까지 올 수 있을 정도로 건강해졌다는 사실을 록시에게 알려주고 싶으셨던 거야. 편지로 건강해졌다고 해도 어느 정도인지는 모를 테니까."

"페이가 그렇게 말한다면 괜찮아요. 그래도 잘됐네요. 계속 어머님이 마음에 걸렸으니까……."

록시는 그렇게 말하며 눈물을 머금고 있었다. 그러자 아이샤 님까지 울음을 터뜨려버려서 정말 큰일이었다.

두 사람이 한동안 껴안고 나서야 모녀가 겨우 마음을 추스르고 내게 다시 고맙다는 인사를 했다. 딱히 그런 말을 듣고 싶어서 한 건 아니지만 감사를 받고 기쁘지 않은 사람은 없을 것이다.

건강해져서 록시 님에게 이것저것 따지는 아이샤 님을 보니 역시 저래야 한다는 생각이 들었다.

흑장을 흑검으로 되돌리고 칼집에 넣고 있자니 록시가 문득 물어보았다.

"위계 오의가 소비하는 스테이터스는 어느 정도인가요? 이렇게 대단한 걸 할 수 있으니 꽤 많겠죠?"

"뭐, 그럭저럭. 트와일라이트 힐링은 스테이터스의 40퍼센트를 바쳐야만 해."

"40퍼센트……, 그게 어느 정도인가요?"

아이샤 님을 낫게 하기 위해 사용한 스테이터스의 자릿수가 많았기에 조금 망설였지만, 록시에게는 확실하게 이야기하기로 결심했다. 숨김없이 소비한 스테이터스를 알려주었다.

그러자 록시뿐만이 아니라 아이샤 님까지 깜짝 놀랐다.

"거짓말이지? 페이트, 그게 사실이니?"

"네, 사실인데요."

"아니, 각 스테이터스가 약 4억이라니……, 자릿수가 너무 달라서 혼란스러워!"

"어머님! 진정하세요! 그래도 페이는 천룡을 쓰러뜨렸으니 스테이터스가 그 정도는 될 거예요. 그걸 아낌없이 쓰다니……."

록시는 허둥대는 아이샤 님을 내버려두고 왠지 혼자 이해한 모양이었다. 그리고 의기양양한 표정으로 말했다.

"알아버렸어요."

"어? 뭘?"

"어머님이 지나치게 건강한 이유요. 넘쳐나는 스테이터스(천룡 이상)를 사용해서 트와일라잇 힐링을 발동시켰기 때문일 거예요."

"일리가 있네."

록시가 추측한 게 맞을 수도 있다. 그리드의 위계 오의는 모두 강력하다. 그 중에서 상위인 제4위계라면 그저 상처를 낫게 하는 것만으로 끝날 리가 없다. 소비한 스테이터스도 E의 영역이고.

그런데 그저 상처나 병이 낫기만 할 거라니, 생각이 부족했다. 아이샤 님의 스테이터스가 엄청나게 높아졌을지도 모르겠는데. 하지만 허가도 받지 않고 들여다보지는 않을 거다. 그것은 하트 가문의 하인이었을 때부터 정해두었던 일이다.

지나치게 건강한 아이샤 님은 나와 록시를 마음껏 놀려댄 뒤 의기양양하게 파티에 초대받은 사람들에게 인사를 하러 가버렸다.

"소란스러운 어머님이네요."

록시는 그 모습을 멀리서 바라보며 훈훈하게 말했다.

아이샤 님과 처음 만났을 때 병약하던 모습 따윈 요만큼도 남지 않았다. 사실 아이샤 님은 그때 돌아가셨을지도 모른다. 아무리 신이 정한 운명이라 해도 나는 그 이치를 어긴 것을 후회하지 않는다.

지금 아이샤 님을 보니 정말 그런 생각이 든다.

제30화 그리드가 준 시련

몇 시간에 걸쳐서 진행되었던 행사도 끝을 맞이했고, 파티에 모였던 사람들은 록시와 아이샤 님께 인사를 한 뒤 돌아갔다.

끈질기게 굴었던 밀리아가 무간에게 목덜미를 잡힌 채 끌려가는 모습이 재미있어서 웃어버렸다. 록시에게는 일상이 된 건지 내일 보자며 미소로 배웅했다.

왠지 밀리아에게 찍혀버린 것 같다.

앞으로 툭하면 밀리아가 시비를 걸 것 같은데, 그래도 뭐……하고 싶은 대로 행동하는데도 왠지 밉지는 않은 아이여서 신기하다.

쓴웃음을 짓고 있자니 아론이 말을 걸었다.

"페이트, 미안하지만 먼저 돌아가마. 성에 가야 해서 말이다."

"아, 메밀 때문에 그런가요?"

"내일 저택으로 데리고 올 생각이니까. 아직 수속이 조금 남았다. 내일 아침에나 돌아올 수 있을 것 같구나. 메밀을 데리고 돌아올 테니 기대하고 있거라."

"……마음의 준비를 해둘게요."

"으음, 그럼 나는 이만 가마. 록시, 아이샤, 오늘은 정말 즐거웠다. 이런 걸 또 하게 되면 꼭 불러다오."

내 곁에 있던 록시와 아이샤 님은 인사를 하고 아론과 약속했다. 그리고 아론은 코트를 펄럭이며 저택을 나갔다.

혼자 남은 내가 바르바토스 저택으로 돌아갈까 생각하고 있자니 아이샤 님이 좋은 생각이 났다는 표정으로 말했다.

"그럼 페이트는 오늘 혼자 있는 거지? 아직 당신의 저택에는 하인도 없다고 들었는데. 그럼 여기서 자고 가렴."

"네?! 그래도…… 되는 건가요."

아이샤 님의 갑작스러운 제안을 듣고 당황한 나는 록시의 얼굴을 보았다. 하트 가문의 주인은 그녀이기 때문이다.

나는 이래 봬도 5대 명가의 일원이 되었다.

예전처럼 간단히 자고 가도 되는 게 아닐지도 모른다. 그렇게…… 이것저것 생각하던 나를 배신하는 듯이 록시가 아무렇지도 않게 말했다.

"괜찮겠네요. 어차피 페이니까 식사도 제대로 하지 않을 테고요."

"으……, 그건."

남자 둘이서 대충 살고 있다. 아론은 성에서 날마다 백기사들과 회의를 하느라 늦게 돌아온다. 나는 라팔이 뭘 하고 있었는지 자는 시간까지 아껴가며 나름대로 조사하고 있었다. 그렇기 때문에 록시가 말한 대로 요즘에는 식사를 제대로 한 기억이 없었다.

그래서 이번에 초대받은 파티의 음식은 정말로 맛있었다. 록시가 내게 다가와서 말했다.

"저녁 식사는 제가 만들게요!"

"록시가!"

하인이었을 때부터 보았는데, 록시는 요리를 하기 보다는 검술 단련을 더 많이 했던 게 기억난다. 요리를 했던 기억 자체가 없다.

그런 그녀가 저녁 식사를 만든다고 한다. 깜짝 놀랄 수밖에 없지.

"너무 놀라시네……, 이래 봬도 노력하고 있다고요. 좋아요, 페이트를 더욱 놀라게 해주겠어요."

내 착각인지 록시 뒤에서 불꽃이 활활 타오르는 것 같다. 아무튼 그녀의 요리를 먹을 수 있다니 기쁘기 그지없다. 좀 전에 먹었던 바비큐도 사전 준비를 도왔다고 했으니 기대할 만할 것 같다.

"기대할게."

"그래요, 힘이 솟아나네요."

대체 어떤 요리가 나오게 되는 걸까. 내가 상상의 날개를 펼치고 있자니 아이샤 님이 끼어들었다.

"저요, 저요~! 저도 참전하겠어요."

"어째서 어머님이!"

"재미있을 것 같으니까. 어머니로서의 위엄을 보여줄 때 같아서."

"일부러 이럴 때 위엄을 보여줄 필요는……."

어라?! 아이샤 님 때문에 이야기가 꼬여서 딸과 어머니의 요리 배틀로 발전하려는 것 같은데. 그리고 판정을 내리는 건 분명 나일 것이다.

어느 한쪽이 맛있다고 하면 문제가 생길 우려가 있다. 그러니 양쪽 다 맛있었다고 하면서 끝내야 할 것이다.

응, 그렇게 하자, 그렇게 생각하고 있자니 아이샤 님이 마음을 들여다본 듯이 말했다.

"페이트, 미리 말해두지만 양쪽 다 맛있었다고 하는 건 안 돼. 어느 쪽이 맛있었는지 확실히 말해야 한다."

"……네."

"정말, 어머님!"

아이샤 님은 차분한 성격인데 뜻밖이다. 지기 싫어하는 저런 성격은 록시 님과 닮았다. 역시 모녀라는 생각이 들었다.

그렇게 자주 웃던 아이샤 님이 갑자기 조용해졌다. 정신을 차리고 보니 저녁이 되어가고 있었다. 아무리 날씨가 좋다 해도 해가 지자 잊고 있었던 겨울의 추위가 돌아왔다.

아이샤 님이 말없이 걸어가는 방향으로 나와 록시가 걱정하며 따라갔다. 저택이 아니라 해가 저무는 방향이었다. 방향만 봐도 어디로 가는지 알 수 있었다.

아, 어째서 눈치채지 못했을까. 아이샤 님은 록시를 놀라게 해주기 위해서 여기로 왔다고 했지만, 그것뿐만이 아니었던 것이다.

병 때문에 하트 가문의 저택 바깥으로 나갈 수가 없는 몸이라서 하지 못했던 일. 그리고 건강해진 지금이라면 할 수 있는 일.

아이샤 님은 남편인 메이슨 님의 무덤 앞에 서서 조용히 입을 열었다.

"고마워, 페이트. 여기에 올 수 있다는 게 꿈만 같아. 그 사람도 참, 예전부터 자기가 죽으면 여기에 잠들겠다고 했으니까."

"아이샤 님……"

나는 또 저질러버렸다.

록시 때와 마찬가지다. 하트 가문의 하인이 될 수 있다며 들떠서 그녀의 아버지가 돌아가셨다는 사실을 생각하지도 않았다. 얼굴을 봐도 전혀 눈치채지 못했다.

그런 내 어깨에 록시가 손을 얹었다.

"페이가 신경 쓸 건 아무것도 없어요. 어머님의 소원은 확실하게 이루었으니까요."

나는 그녀의 손에 내 손을 겹치고 고개를 크게 끄덕였다.

잠시 후 아이샤 님이 돌아서서 저택으로 돌아가자고 했다. 어느새 하늘이 두꺼운 구름으로 뒤덮였고, 눈이 조금씩 내리기 시작했다.

"오늘은 따뜻한 걸 만들어볼까? 록시는 어떻게 할 거니?"

"저도 몸이 따뜻해지는 걸 만들 거예요. 어머님께는 안 질 거고요."

"검술로는 당해낼 수 없겠지만, 요리는 내가 보기에 아직 병아리야."

아이샤 님은 그렇게 말하며 록시를 도발했다. 그러자 그녀는 발끈하며 맞섰다.

나는 이렇게 생각한다. 아이샤 님이 이렇게 빠르게 마음을 다잡는 부분을 배워야 한다고. 그 부분에는 스테이터스나 스킬이 아닌 다른 힘이 있을 것 같다.

저녁 식사는 록시와 아이샤 님이 만든 요리를 먹게 되었다.

그리고 둘 다 같은 요리를 만들었다는 기적이 일어나 버렸다. 우유와 버터를 잔뜩 넣은 스튜였다. 몸이 따뜻해지는 요리라는 발상으로 겹쳐버리다니……, 나도 모르게 웃어버렸다. 어느 쪽이 더 낫다는 건 아무래도 상관없어질 만큼 양쪽 다 맛있었다.

아이샤 님은 확실하게 정하라고 했지만, 동점이니까 어쩔 수 없다.

록시와 아이샤 님은 처음에 어느 쪽이 더 맛있냐면서 나를 다그쳤지만, 각자 다른 사람이 만든 스튜를 먹다 보니 이해한 모양이었다.

시끌벅적했던 저녁 식사도 끝나고 대욕탕을 빌려서 시원하게 씻은 나는 객실에 있었다.

하인이었을 때 쓰던 침대와 비슷했고, 솜이 확실하게 들어있는 침대였다.

나는 흑검 그리드를 침대 옆에 기댔다. 그러고 보니 그리드 녀석……, 파티가 끝난 뒤로는 계속 조용하던데.

평소에는 자기 전에 이러쿵저러쿵 말을 걸면서 시끄럽게 구는데, 신기한 날도 있구나.

불을 끄면서 그런 생각을 하며 눈을 감았다. 오늘은 아이샤 님에게 여러모로 휘둘려서 힘들었던 것 같은데.

그녀에게 휘둘리는 나와 록시를 떠올리고 있자니 의식이 천천히 가라앉았다.

나는 하얀 공간에 서 있었다.

이곳은 잘 아는 곳이다. 요즘에는 자주 오고 있으니 모를 리가 없다.

내 발치—— 하얀 바닥에는 폭식 스킬에게 먹힌 혼들이 울부짖는 지옥이 있다. 이 세계라는 결계를 쳐주고 있기에 내가 폭식 스킬의 영향을 최소한으로 억누를 수 있는 것이다.

나를 지켜주는 사람—— 루나의 목소리가 들렸고, 돌아보자 모든 게 하얀 여자아이가 서 있었다.

"안녕, 루나."

"안녕, 페이트. 건강해 보이네. 아크 데몬을 먹다니, 또 터무니없는 짓을 했어."

"그때는 고마웠어. 루나가 있어주지 않았다면 E의 영역은 무리였을 거야."

"솔직하구나. 조금 성장한 건가? 여기서 전부 보고 있었는데."

"전부?! 나한테는 사생활도 없어?"

어디까지 보고 있었던 걸까. 전부라고 할 정도니 라팔과 벌인 전투, 록시와 다시 만난 것, 그리고 파티까지인가?

생각하고 있자니 루나가 예상을 뛰어넘은 말을 꺼냈다.

"페이트는 목욕할 때 몸을 더 오래 담그는 게 좋을 거야. 1분 정도만에 나오면 피로를 풀 수가 없어. 그리고 머리를 감을 때는 트리트먼트도 쓰는 게 나을 것 같고."

"으아아아아아아아, 어디까지 본 거야?! 그건 볼 필요가 없잖아."

"미안, 심심해서 봐버렸어."

진짜, 심하네. 목욕은 상관없잖아. 그렇게 머리를 감싸쥐고 있자니 훔쳐보던 루나에게 위로받았다.

"자자, 너무 상심하지 말고."

"본 사람은 루나잖아!"

"닳는 것도 아니잖아. 또 볼 거고."

"보지 마!"

마음 놓고 느긋하게 목욕하지도 못하겠잖아. 루나에게 그것만은 보지 말아달라고 다짐을 받고 있자니 호쾌한 웃음소리가 들렸다.

돌아본 곳에 있었던 것은 머리카락이 붉고 키가 큰 남자였다. 잘난 척하는 표정을 짓고 있지만 왠지 밉살스럽지 않은 느낌이었다. 그리고 그 사람을 본 나는 깜짝 놀랐다.

"어째서 그리드가 여기 있는 거야?!"

"너하고 루나가 재미있어 보이길래 신경 쓰여서 온 거다. 뭐, 거짓말이고 루나에게 부탁해서 여기로 들어 올 수 있는 통로를 이어달라고 했지. 시간이 오래 걸리긴 했지만 이렇게 다시 올 수 있었던 거다."

그리드가 한 말을 들어보니 꽤 고생한 것 같다. 그렇게까지 하면서 여기로 온 이유는 뭘까.

물어보니 잘난 척하며 말했다.

"슬슬 이 몸이 직접 페이트를 단련시켜 줄까 해서 말이지."

제31화 더 높은 경지로

그리드는 들고 있던 흑검을 내게 겨누었다.

인간 형태인 그리드가 본체인 흑검을 들고 있다니── 그 이상한 모습을 보고 멍해져 있자니 그가 어이없다는 듯이 말했다.

"여기는 루나가 만들어낸 정신세계다. 그러니까 이렇게 현실에서는 있을 수 없는 일도 가능하지. 애초에 이 몸의 임시 몸도 있을 수 없는 일이잖아. 자, 페이트, 너도 흑검을 들어라!"

"어디 있는데?"

그렇게 말해봤자 어떻게 하면 될지 전혀 알 수가 없다. 그리드가 보다 못해 가르쳐주었다.

"정신을 집중해봐라."

흑검을 상상해보니……, 생각했던 물체가 나타났다.

내가 들고 있는 흑검과 그리드가 들고 있는 흑검. 합쳐서 두 자루가 나란히 있는 상황도 위화감이 들었다.

흑검을 겨누고 맞선 우리에게 루나가 말을 걸었다.

"나는 느긋하게 관전하도록 할게. 폭식과 탐욕의 싸움을 눈앞에서 보게 될 줄은 몰랐네."

"팔자도 좋구나. 멀리 떨어지지 않으면 휘말릴 거다."

"그래, 그래. 그리드라면 일부러 그럴 수도 있을 테니까."

"흥."

그리드가 방해꾼을 쫓아내려는 듯이 손을 저었다. 그렇게 잘난 척하는 그를 보고 루나는 깔깔 웃으면서 거리를 크게 벌렸다.

"이러면 되는 거지? 그냥 위험하니까 물러나 있으라는 말도 못하는 거야? 자, 언제든 시작해."

"나불나불, 정말 시끄러운 여자로군……."

보아하니 루나와 그리드는 성격이 안 맞는 것 같다. 항상 나를 놀려대는 그리드가 루나에게 놀아나고 있었다. 그 모습이 매우 신기해서 내가 무심코 웃고 있자니.

"페이트, 뭐가 웃기지?"

이런, 엄청나게 노려보는데. 무섭다, 무섭다……. 그리드가 평소에는 흑검이라 표정을 알 수 없기 때문에 신선하기도 하다. 저런 표정을 지으면서 화를 내는구나……. 으음~. 그래.

"뭘 빤히 보는 거야!"

"인간 형태인 그리드가 신기해서."

"지금부터 힘든 훈련을 시키려 하는데 여유롭군 그래. 미리 말해두지만 이 몸은 아론 바르바토스처럼 어설프지 않을 거다."

"그게 무슨 뜻이야?!"

"금방 알게 되겠지. 간다."

그리드가 흑검을 겨누고 날카로운 눈빛으로 나를 바라본 순간, 모습이 사라졌다.

사라졌다……, 어디 있지? 눈에 보이지도 않았다.

그렇게 생각했을 때, 내 왼팔이 잘려나갔다.

"끄아아아악."

"왜 그러지? 겨우 그 정도로 항복하려는 건가? 왼팔은 이미 나았을 텐데?"

그리드가 한 말을 듣고 사라진 왼팔을 보니 원래대로 돌아와 있었다. 통증도 어느새 사라졌다.

"말했을 텐데. 여기는 정신세계라고. 육체가 없으니 베인다 해도 마음이 있는 한 원래대로 돌아온다."

"뭐야. 깜짝 놀랐네."

"그렇게 안심할 순 없을걸. 계속 썰리다 보면 마음까지 대미지를 입게 되어버릴 테니까."

그리드는 흑검을 다시 겨누면서 우리 발치에 떨어져 있던 왼팔을 손가락으로 가리켰다.

"그렇게 되면 너는 여기서 떨어질 거다. 폭식 스킬에게 먹혀버린다는 뜻이지."

"정말이야……?"

"이 몸이 여기까지 와서 거짓말을 할 것 같으냐?"

이럴 때 그리드는 농담을 하지 않는다. 그리고 루나를 곁눈질로 보자 고개를 끄덕였다.

아론처럼 어설프지 않다는 말은 그런 뜻인 것 같다. 그리드의 공격에 계속 당하면 죽지 않는 정신세계라 해도 내 마음이 죽어버리게 된다.

하필이면 록시의 저택에서 머무르게 된 날 이런 걸 할 필요는 없잖아.

쓸쓸한 마음을 억누르는 내 생각을 들여다보았는지, 그리드가 말했다.

"일부러 이때를 선택했다. 질 수 없겠지? 페이트. 여기서 지게 되면 폭식 스킬에게 먹혀서 폭주한 네가 무슨 짓을 할지 알고 있을 테니까."

"그리드……, 너……."

"싫으면 그만둬도 된다. 어떻게 할래? 페이트."

완전히 악당 같다. 그리드의 삼백안이 더 심술궂은 느낌을 드러내고 있다.

보다 못한 루나가 그리드에게 불만을 표시했다.

"비호감이야, 그리드. 우우~!"

"상관없는 사람은 빠져 있어라."

화가 난 그리드가 흑검을 붕붕 휘두르며 루나를 쫓아가려 했다. 나는 그를 막으려는 듯이 흑검을 겨누었다.

"할게, 그리드."

"좋은데, 잘 아는 것 같군. 너는 그래야지. 하지만 봐주진 않을 거다."

"와라!"

이번에는 내가 공격한다. 상단에서 내리친 공격을 그리드가 한쪽 눈을 감으며 여유롭게 피했다. 아직 멀었어! 이건 페인트, 피하는 방향을 유도하기 위한 공격이다. 칼을 당겨 진짜 공격인 중단 베기를 날렸다.

그것도 그리드에게 닿지 않은 것 같았다.

그 진짜 참격을 들고 있던 흑검으로 받아낸 뒤 말했다.

"네 검은 아직 가볍군. E의 영역에 좀 도달했다고 우쭐해진 거 아니냐?"

"무슨 소리야?!"

"말했을 텐데. 지금부터는 인간을 벗어난 영역이라고……, 너는 이제 막 그 영역에 발을 내디딘 것에 불과해. 앞으로 그 기나긴 길을 걸어갈 거잖아. 이봐……, 안 그래?"

"그리드……."

흑검과 흑검을 맞대고 손에 힘을 주며 맞섰다. 부딪힌 칼날에서 불꽃이 튀었다.

"너는 선택해버렸다."

그리드의 힘이 더욱 강해졌다. 조금씩, 조금씩, 내가 뒤로 밀리기 시작했다.

"그 녀석은 다른 길을……, 선택해버렸지. 앞으로 네가 걸어갈 길은 이 몸도 모른다. 하지만 그런 이 몸도 할 수 있는 말이 있지."

나도 질 수 없다고 생각하며 밀어내기 위해 힘을 쥐어짜냈다. 밀리고 있긴 했지만 천천히 원래 위치로 돌아갔다. 그리드는 만족했는지 살짝 웃으며 말했다.

"더 강해져라, 페이트."

"……그래, 굳이 말하지 않더라도 강해지겠어."

"그래, 그런 마음가짐이다."

나는 마인을 막지 못했던 것을 지금까지 마음속 어딘가에서 질질 끌고 있었다.

나이트 워커의 시조인 신에게 아무것도 해보지 못했던 자신의 무력함 때문에 매우 허무했던 것이다. 그리고 마인은 그런 나를 내버려두고 먼저 가버렸다.

나는 그녀에게 큰 빚을 졌다. 가리아를 향해 혼자 여행을 떠났을 때 불안한 마음을 채워준 것은 그녀였다.

그때는 지금보다 더 폭식 스킬을 억누르지 못해서 초조했다.

그런 와중에 같은 대죄 스킬 보유자가 곁에 있는 것만으로도 구원이 되었다.

마인은 말수가 적지만 여행하는 동안은 계속 내 곁에 있어준 것을 확실하게 기억하고 있다. 그것이 그녀 나름대로의 자상한 마음씨였을 것이다.

나는 그런 그녀에게 가리아에서 만약 폭식 스킬이 폭주해서 자아가 사라지게 된다면 죽여달라고……, 바보 같은 부탁을 해버렸다.

정말 심한 말을 해버렸다. 천룡을 쓰러뜨리고 다시 만났을 때 있었던 일을 그녀에게 사과하고 싶다.

하지만 마인이 한 대답은 '다행이다'라는 짤막한 말이었다. 딱히 나를 다그치지도 않고, 무표정한 그녀답지 않게 조금 기뻐했다.

나는 잊을 수 없다. 신을 쫓아간 그녀가 한 마지막 말이 '미안해'라니……, 마인답지 않다.

처음으로 들은 사과가 이별하는 말이 되어버리니 괴로웠다. 그렇게 말하게 해버린 무력한 나 자신이 꼴사나웠다.

그리드는 알고 있다. 그렇기 때문에 내가 기운을 내게끔 만들기 위해서 그답지 않게 루나에게 부탁까지 하며 이런 자리를 마련해 주었다. 이렇게까지 해주었으니 부응해야만 한다.

"나는 더욱, 더욱 강해질 거야!"

팽팽하던 그리드의 흑검을 밀어내며 소리쳤다.

"하하핫, 그렇다면 입만 산 게 아니라는 걸 보여주시지."

"오라고, 그리드."

이곳은 정신세계다. 시각에만 의존해선 그리드의 속도를 따라

잡을 수 없다. 온갖 감각을 개방해서 집중하는 거다.

그리드가 다시 눈에 보이지 않는 속도로 움직였다. 그 속도에 휘둘리지 않고 지금까지 싸워왔던 것을 떠올렸다. 지금까지 쌓아 온 전투 경험은 헛되지 않았다.

사각에서 날아든 공격을 흑검으로 받아낸 뒤 그리드에게 말했다.

"왜 그래? 사람 형태가 익숙하지 않아서 지친 거 아니야?"

"말은 잘하는군. 그렇다면 이건 어떠냐!"

그리드는 뒤쪽으로 크게 물러나면서 흑검을 흑궁으로 변형시켰다.

"어? 그것도 할 수 있어?!"

"당연하지. 페이트, 네가 할 수 있는 건 이 몸도 할 수 있다. 놀라기는 아직 이르지."

"거짓말이지……."

"진짜다! 진짜! 잘 막아라."

그리드가 들고 있던 흑궁이 무시무시하게 거대해졌다. 설마하던 제1위계의 오의, 《블러디 터미건》이다.

자주 써봐서 알 수 있다……, 저런 걸 맞으면 사라져버릴 거라고!!

그리드는 초조해하는 나를 보고 씨익 웃었다. 진짜로 날릴 생각이다.

"사람도 아니야!"

"잘 아는군. 이 몸은 사람이 아니다. 무기지."

"그런 뜻이 아니라고."

"자, 큰 거 한 방 같다."

"으아아아아아악, 너무 크다고. 안 돼, 안 돼."

"안 되긴 뭘!"

그리드의 수행에 자비란 없다. 농담이 아니라 진짜로 쐈다.

아슬아슬한 순간. 흑순으로 변형시켜서 블러디 터미건을 겨우 막아봤지만, 터무니없는 위력 때문에 뒤쪽으로 멀리 날아가 버렸다.

이렇게 위력이 강했나……, 하마터면 증발할 뻔 했다. 항상 날리는 쪽이라서 몰랐던 것이다.

이 녀석, 사람이 얌전히 평범하게 싸워주니까 엉망진창인 공격을 태연하게 날리다니!

나도 해주겠어. 흑궁에 힘을 담아 식물을 성장시키는 것처럼 형태를 변하게 만들었다. 그리고 그때 눈치챘다. 이 정신세계에서는 스테이터스를 소비하지 않는다는 것을.

뭐, 현실세계가 아니니까 당연한 건지도 모르겠다.

그렇다면 마음껏 쏠 수 있다.

"그리드, 각오하라고."

"페이트……, 어른스럽지 못하게 무슨 짓이냐."

"너에게만은 그런 말을 듣고 싶지 않아."

연사다. 평소에는 스테이터스를 소비해버리기에 이렇게 해본 적이 없다. 그래서 정말 기분이 좋다.

나는 그리드가 흑순으로 변형시킨 뒤 도망치는 쪽을 향해 마구 쏴댔다. 표적이 꽤 빠른데.

움직임을 읽고 노려야지……. 거기다!

앗, 이런!!

"꺄아아아아아악."

멀리 떨어진 위치에서 관전하고 있던 루나를 그리드와 함께 공격해버렸다.

폭풍이 스치고 넘어진 정도에 불과했지만, 루나는 새빨간 눈동자를 이글이글 불태우며 화를 냈다.

"둘이서 싸우는 건 좋지만 나까지 휘말리게 하지 마! 그렇게 나하고도 싸우고 싶다면, 좋아. 싸워주겠어."

""뭐어?!""

나와 그리드는 진짜 무슨 소린지 모르겠다며 소리쳤다.

루나는 바보 같은 표정을 짓고 있던 우리에게 방긋 웃은 다음 손가락을 튕겼다.

그러자 새하얀 지면에서 천천히 이상한 형태의 거대한 마물이 나타났다. 그것은 금속 파이프를 이용해 억지로 여러 가지 마물을 이어붙인 모양이었다.

커다란 다리 여섯 개로 지면을 뒤흔들었고, 등에는 날개 네 개가……. 그리고 머리에는 천사를 연상케 하는 고리가 떠 있었다.

""하니엘이다!!""

나와 그리드는 설마하던 기천사(키메라) 하니엘이 등장하자 벌벌 떨었다. 저런 걸 일부러 불러내다니, 루나가 정말 화가 난 것 같다.

루나는 하니엘의 머리 위에 서서 말했다.

"미리 말해두지만, 이 세계는 내가 구축한 거야. 그렇다면 여기서는 내가 신이나 마찬가지란 뜻이지. 그리고 이 하니엘도 여기서는 무적이야. 안심해, 아침까지 살아남기만 하면 되니까! 그럼 싸워보자."

성큼성큼 다가오는 하니엘. 그 모습을 보고 그리드가 내게 말했다.

"페이트, 다녀와라. 좋은 수행이 될 거다. 이 몸은 여기서 지켜봐주마."

"너도 싸우라고. 안 그러면 아침까지 버티지 못할 거야."

"알았다, 알았다고. 칼끝으로 찌르지 마라. 은근히 아프다고!"

나와 그리드는 함께 흑검을 겨누고 고개를 끄덕인 뒤 루나가 조종하는 하니엘에게 달려갔다.

다들 고마워…….

나는 그리드, 루나의 마음을 배신하지 않기 위해서 더 높은 경지를 목표로 삼을 거야.

제32화 새로운 하인

귀에 익은 목소리가 내 이름을 부르고 있다.

씩씩한 그 목소리가 매우 기분 좋아서 계속 나른하게 졸린 기분을 유지하고 싶은 기분이 들어버렸다.

"페이, 페이…… 페이트 바르바토스!! 일어나세요!!"

"흐아?!"

푹신푹신한 침대에서 눈을 뜬 내 앞에는 록시가 조금 곤란하다는 표정을 지으며 서 있었다. 그리고 보니 어제는 록시의 저택에서 묵게 되었다. 잠든 뒤 바로 루나에게 정신세계로 오라는 초대를 받았고, 그리드와 훈련을 했다.

잘 때는 피로를 풀어야 하는 법인데, 힘든 훈련 때문에 더 지쳐버려서 늦게 일어나게 되어버린 모양이다. 그래서 계속 자는 나를 보다 못해 록시가 깨우러 와준 건가?

"이름을 불러도 일어나지 않던데요. 페이는 정말 지쳤나봐요."

"꿈속에서 그리드가 특훈을 시켜주겠다고 해서, 정말 힘들었어."

"어머, 사이가 좋은 것 같아서 부럽네요. 그래도 오늘만은 일찍 일어나는 게 좋을 거예요. 중요한 날이니까요!"

"중요한 날……."

음~, 이제 막 일어난 참이라 머리가 잘 돌아가지 않는다. 매우 중요하다는 것만은 알겠다.

그런 내 머리에 록시가 살짝 딱밤을 먹인 다음 말했다.

"아론 님께서 곧 당신의 저택으로 돌아오실 시간이에요."

"돌아온다……, 아론이 돌아온다…………, 앗?!"

"이제야 알았나보네요. 그럼 제가 말한 중요한 일이란 뭔가요?"

"메밀 브레릭이 오늘…… 양자로 바르바토스 가문의 저택에 와."

"네! 맞아요! 그렇게 졸린 표정을 짓고 있으면 안 돼요. 당주답
게 나서야죠!"

하긴…… 록시를 보니 무슨 말을 하고 싶은 건지 알겠다. 의젓
해서 전 하인이 보더라도 믿음직스러운 당주님의 품격이다. 나도
저런 분위기를 목표로 삼아야겠구나.

"표정이 좋아졌네요. 그럼 우선 아침 식사를 하죠. 배가 고프면
싸움을 할 수가 없으니까요."

"싸우는 거야?!"

"페이에게는 그 정도는 될 것 같은데요? 아닌가요?"

"대충 맞네요."

그리드가 어젯밤에 특훈을 하자며 만나러 왔던 것도 내가 은근
히 긴장하고 있었던 걸 눈치챘기 때문일지도 모르겠다. 나 혼자
서 생각해봤자 어떻게 될 일이 아니니 우선 날뛰어서 발산하
자……, 정말 그리드다운 느낌이 든다.

나는 침대 가장자리에 기대두었던 흑검 그리드를 곁눈질로 보
았다. 뭔가 하고 싶은 말이 있는 것 같긴 한데, 지금은 록시가 말
한 대로 아침 식사를 해야겠다.

그때 배에서 꼬르륵 소리가 나버렸다. 폭식 스킬의 굶주림이
아니라 내 몸이 식사를 원하고 있는 것이다. 어제는 오랜만에 제
대로 된 식사를 했다. 그 덕분에 상태가 좋아진 모양이다.

"응, 먹을게. 혹시 록시가 아침 식사를 만들어준 거야?"

"맞아요. 하지만 딱히, 모처럼 요리를 했는데…… 페이가 계속 일어나지 않으니까 참을 수가 없어서 깨우러 온 건 아니에요."

"아, 그런 거였구나. 미안해."

"좀 심술궂게 말해버렸네요. 저야말로 미안해요. 그럼 식당에서 기다릴 테니 준비가 끝나면 오세요."

록시는 상냥하게 말한 다음 방에서 나갔다.

조용해진 넓은 방에 나와 흑검 그리드만 남았다. 자, 옷을 갈아입을까.

재빠르게 갈아입고 몸을 단장했다. 그리고 침대 옆에 기대두었던 그리드를 들고 허리에 차려 했는데.

『아침부터 실실대기는, 얼빠진 녀석. 록시가 깨워준 것 정도로 기뻐하다니.』

"뭐야. 기뻐해도 상관없잖아. 기분이 좋았으니까."

『너무 들떠있다간 실수할 거다. 보아하니 매일 밤 너를 훈련시켜줄 필요가 있겠군. 낮에 그렇게 풀려있으면 안 된다. 정말 못쓰겠어. 밤에 팍팍 훈련시켜서 균형을 맞춰야겠군. 그리고…….』

"그래, 그래. 살살 부탁해. 준비 다 되었으니까 가자."

『이봐! 아직 이야기가 끝나지 않았다고.』

그리드는 쓸데없이 걱정이 많은 구석이 있으니까. 하지만 그 잔소리는 아침 식사를 한 뒤에……, 아니, 메밀을 만난 뒤에 들어줄게.

방을 나선 뒤 식당으로 향했다. 예전에 하인이었기 때문에 어디에 어떤 방이 있는지 눈을 감고도 갈 수 있을 정도다. 정말 눈을 감고 다니다간 다른 하인들하고 부딪히겠지만.

식당은 주방 근처에 있으니까 이 긴 복도 끝이다. 그렇게 생각하며 걸어가다 보니 메이드장 씨—— 하루 씨가 나를 보고 다가왔다.

"이제야 일어나신 모양이군요. 제가 깨우러 갔는데도 절대 일어나지 않으시던데……록시 님이 가시니 금방 일어나셨네요."

"꼴사나운 모습을 보여드렸네요. 그런데 무슨 일이죠?"

"네, 좀 전에 성에서 볼일을 보고 돌아왔습니다만 그곳에서 아론 님과 만났습니다. 페이트 님께서 이 저택에 계신다고 하니 전언을 부탁하셔서요."

"무슨 내용인데요?"

"저택으로 돌아오는 시간이 조금 늦어질 것 같다고 하셨습니다. 그래도 오전까지는 돌아오신다네요."

"감사합니다."

"가시던 길에 붙잡아서 죄송합니다. 록시 님께서 식당에서 기다리십니다."

일부러 메이드장 씨가 나를 식당까지 안내해주었다. 바쁜 사람이니까 혼자서 갈 수 있다고 했는데, 중요한 손님이라고 일부러 안내를 맡아주었다.

"도착했습니다. 자, 안으로 들어가시죠."

여기까지 안내해준 메이드장 씨에게 고맙다는 인사를 하면서 열린 문 안으로 들어갔다.

안으로 들어가자 바로 정겹다는 말이 떠올랐다. 하트 가문에서는 1주일에 1번 하인들과 당주님이 함께 이 식당에서 식사를 한다.

별로 먹어본 적이 없었던 고기 요리가 나왔을 때는 기뻐서 마구 먹어댔고, 록시 님과 다른 하인들이 웃었던 기억이 떠올랐다.

저택의 모든 하인들이 동시에 앉을 수 있는 커다란 테이블 위에는 샌드위치가 2인분 놓여 있었다.

그리고 록시가 자리에 앉아 나를 보고 미소를 지었다.

"페이, 이쪽으로 오세요."

그녀 옆자리에 앉았을 때는 이미 식당 문이 닫혀 있었다. 다시 말해 지금 여기에 있는 사람은 나와 록시뿐이다.

『이 몸도 있다.』

어이쿠, 방해꾼이 있었네. 나는 허리에 차고 있던 흑검을 떼어내서 비어 있던 옆자리에 기대어두었다. 이제 조용히 먹을 수 있을 것 같다.

"샌드위치구나. 햄 샌드위치하고 달걀 샌드위치야. 맛있겠는데!"

"열심히 만들었어요! 사실 어머님께서 도와주셨지만요."

"그래도, 응! 맛있을 것 같아. 먹어도 될까?"

"드세요, 드세요."

"그럼 우선 햄 샌드위치부터."

그녀가 기대하는 눈초리로 바라보는 와중에 먹으려니 조금 긴장이 되었다. 하지만 샌드위치를 입에 넣자 그 긴장도 마치 거짓말인 것처럼 사라졌다.

퍽퍽하지 않고 적당히 촉촉한 빵에 버터가 발라져 있었고, 향이 좋은 햄과 아삭아삭한 양상추가 끼워져 있었다. 그리고 신맛이 나는 마요네즈로 맛을 내서 얼마든지 먹을 수 있을 것 같다.

"정말 맛있어!"

"다행이네요! 더 많이 있으니까 마음껏 드세요. 페이는 많이 먹으니까요."

록시는 자기 몫까지 내 접시로 옮기려 했다.

"그렇게 많이는 못 먹어. 록시 몫이 없어져버리잖아."

"사실 만들면서 맛을 많이 봐서 배가 꽤 부르거든요."

"어? 그래?"

"그래요! 곤란하게도."

록시는 아무렇지도 않게 말한 뒤 나를 바라보았다. 응, 신경 쓰지 말고 마음껏 먹어달라는 뜻인가?

"좋았어, 그럼 호의를 받아들일게! 이번에는 달걀 샌드위치를 먹겠습니다!"

"네! 드세요!"

이 느낌……, 정겹다. 하인으로서 하트 가문에서 일하던 무렵이 떠오른다. 그때와는 입장이 달라져버렸지만 지금도 여전히 똑같이 대해주고 있다. 그런 그녀에게 고맙다는 마음이 가득찼다.

그리고 정신을 차리고 보니 배가 부르다! 록시가 만들어준 샌드위치는 양이 꽤 많아서 바지 벨트를 느슨하게 풀 정도로 잔뜩 먹어버렸다.

보아하니 점심 식사를 하지 않아도 될 것 같은데.

홍차를 마시면서 잠시 이야기를 나누게 되었다. 나는 좀 전에 하루 씨가 가르쳐준 이야기를 록시에게 해주었다.

"그랬군요. 아론 님께서 조금 늦게 돌아오신다고요."

"시간이 생겼으니까 저택 청소를 하면서 기다리려고."

"저도 돕고 싶긴 하지만 성에서 호출을 받아서……."

"나는 신경 쓰지 마. 어제는 파티에 초대해준데다 재워주기까지 했으니까. 그리고 아침 식사까지! 더 이상 바라면 천벌받지. 성기사 일 열심히 해!"

"페이도 성기사잖아요?"

"아하하, 그랬지."

하트 가문에서 그녀와 이렇게 지내다 보면 하인이었던 시절로 돌아간 듯한 느낌이 든다.

웃으며 얼버무리고 남은 홍차를 다 마셨다.

아침 식사를 마친 우리는 함께 하트 가문의 저택을 나섰다. 록시는 성에 일을 하러, 나는 아론이 돌아올 때까지 저택을 청소하러 간다.

5대 명가의 저택이라 그런지 방이 많아서 전부 손보지 못했다. 오랫동안 방치되었기에 비가 새서 바닥이 썩은 곳이나 뒤틀려버린 문도 있어서 할 일도 잔뜩 있다.

바로 옆인 바르바토스 가문의 저택 앞으로 왔다. 록시와는 여기서 헤어지게 된다.

"고마워, 내일 또 보자."

"네, 내일 봬요. 메밀에게 인사할 겸 찾아갈 테니 잘 부탁드려요."

"그래, 그녀에게도 전해둘게."

"그럼 가볼게요."

서로 손을 흔든 다음 록시는 성을 향해 걸어갔다. 그녀의 뒷모습은 언제 봐도 멋지다.

계속 보고 있을 수는 없기에 바로 저택의 청소를 시작했다.

우선 현관문부터. 원래 상하기도 했지만……, 마인이 난폭하게 열곤 해서 문이 떨어져 나가기 직전이었다. 바꿔 다는 게 더 나을 정도다.

"그때까지는 응급처치를 해둘까."

저번에 상업지구로 물건을 사러 갔을 때 못과 망치도 사두었다. 분명…… 현관을 열면 바로 나오는 넓은 방에 사다둔 목재와 함께 두었을 텐데.

나는 찾아낸 못과 망치를 들고 문을 수리하기 시작했다. 예전에 살던 슬럼가에서는 망가지면 자기가 고치는 게 당연했다.

그렇기 때문에 습관이 되어서 자기가 할 수 있는 범위 안에서는 조금씩 해보려 했는데……, 규모가 큰 저택이라 전부 할 수는 없는 것 같다.

"슬슬 목수에게 부탁해서 본격적인 수리를 해야겠는데."

『이제야 눈치챘냐? 페이트, 너는 가난뱅이 같은 성격이거든. 가리아에서 호화롭게 살던 때를 생각해봐라! 참고로 이 몸의 칼집은 금화 500닢으로 만들었지.』

"거기는 물가가 폭등해서 그랬잖아. 지금이 보통이라고!"

그리드는 욕망을 충족시키기 위해서라면 돈 같은 건 신경 쓰지 않으니까. 지금은 하우젠을 재건하느라 돈이 잔뜩 필요하다.

절약하지 않으면 할 수 있는 것도 하지 못하게 된다.

"이런 느낌이려나."

고친 문을 열어보기도 하고, 닫아보기도 했다. 경첩을 교체해 보니 괜찮은 느낌이다. 기름을 조금 쳐두면 오래 갈 것이다.

좋았어, 다음으로 넘어가자! 계속 고민하던 것도 해소되어서 오늘은 의욕이 마구 솟아난다.

나는 그 이후로 지붕을 수리하고, 썩은 바닥을 교체하는 등 열심히 작업을 진행했다. 정신을 차리고 보니 해가 하늘 높이 솟아 있었다.

"슬슬 점심 시간이 되겠는데."

『페이트, 돌아왔다.』

"그래, 그렇구나."

커다란 마력 두 개가 내가 지금 있는 저택 쪽으로 다가오고 있다. 하나는 잘 알고 있는 아론이다.

그렇다면 다른 하나는 메밀일 것이다.

라팔의 실험으로 인해 그녀는 스테이터스만 놓고 보면 성기사 중에서도 톱클래스에 해당하는 힘을 가지게 되어버렸다.

나는 수리 작업을 멈추고 아론과 메밀이 돌아올 때까지 조용히 기다렸다.

『긴장했구나, 페이트.』

"마치 남 일 같은 말투, 그리고 잘난 척하는 말투로 말하지 마!"

『하하하, 이 몸은 사실 상관이 없으니까.』

"이 자식……."

흑검을 찔러대고 있자니 저택 현관문이 열렸다.

먼저 아론이 들어와서 내게 말을 걸었다.

"기다리게 했구나, 페이트. 하루 씨에게 전언을 부탁했는데 잘

전해준 모양이군."

"네, 성에서 볼일이 오래 걸린 건가요?"

"아니, 그런 게 아니다. 메밀의 옷을 고르다 보니 시간이 오래 걸려버렸구나."

"옷? 네?!"

"뭐, 보면 바로 알 수 있을 거다. 들어오려무나, 메밀."

"네."

아론이 부르자 들어온 메밀의 달라진 모습을 보고 나는 깜짝 놀랐다.

성기사였던 시절에 상대방을 압도하던 분위기는 사라졌고, 그녀의 연한 보라색 머리에 잘 어울리는 귀여운 메이드복을 입고 있었다. 프릴이 하트 가문의 메이드들이 입는 옷보다 더 많이 달려 있다. 저건…… 아론이 고집한 결과일까, 아니면 메밀의 취향인가?!

지금까지 그녀가 입어본 적이 없을……, 처음 보는 복장. 그리고 얌전해 보이는 분위기에 내가 좀 전까지 하던 긴장도 머릿속에서 어디론가 날아가버렸다.

그런 내게 메밀이 예쁘게 인사하며 말했다.

"오늘부터 신세를 지겠습니다. 오라버니."

고개를 들었을 때 살짝 보여준 표정. 내가 잘 알고 있는 소악마 같은 미소를 보고 약간 불안한 느낌이 들었다.

후기

오랜만에 뵙습니다. 잇시키 이치카입니다.

제3권부터 일곱 달만에 나온 제4권입니다. 오랫동안 기다리셨습니다.

이번에는 가리아에서 천룡을 쓰러뜨린 뒤의 이야기입니다. 페이트는 여전히 마구 날뛰고 있습니다!

록시는 또 비중이 적다고 느끼지 않을까……라고 생각하며 써나갔습니다.

메인 히로인답게 마지막에는 이때다 싶을 때 등장시켰습니다. 역시 페이트에게는 록시구나, 그렇게 말씀해주시면 좋겠습니다.

제2권에서 만났던 아론 바르바토스. 하우젠을 해방시킴으로써 인정받은 페이트는 그의 양자가 되었습니다. 제2권에서 가리아를 향해 페이트가 떠날 때 아론이 했던 말이 겨우 이루어졌습니다.

제4권에서 두 사람이 함께 싸우는 모습을 다시 쓸 수 있어서 작가로서 신이 났습니다. 역시 남자들의 싸움은 뜨거운 게 좋죠. 아론은 나중으로 갈수록 점점 강해질 거라 생각합니다. 이대로 가다간 그가 얼마나 강해질까, 그런 생각이 듭니다.

그리고 과거부터 이어진 악연의 상대—— 라팔 브레릭과의 대결.

왕도 세이퍼트로 돌아온 페이가 바르바토스 가문의 당주로서 그와 맞설 때 어떻게 될까. 여러 모로 생각했습니다.

라팔은 지독한 인간입니다. 하지만 그렇게 된 이유가 있고, 페이트가 그것을 알게 된 뒤 무엇을 느끼고 무슨 행동을 할지.

꽤 고민한 부분이기도 합니다.

결과적으로 그의 혼을 먹게 되었습니다만, 이후의 스토리로 이어질 거라 생각합니다.

혼자 남은 이복 여동생 메밀. 그녀도 앞으로 페이트에게 중요한 캐릭터입니다.

제4권의 마지막에서 메밀은 바르바토스 가문의 양녀로서 그의 여동생이 되어버렸습니다.

쓰기 시작했을 때는 설마……, 메밀이 이렇게 될 거라고는 예상하지 못했습니다. 생각해보니 잔챙이 캐릭터 중 한 명 정도로만 여겼던 것 같기도 합니다.

『폭식의 베르세르크』는 서적화 작업을 시작한 뒤 대충 2년 정도 되었습니다. 아~, 오래 되었네……, 벌써 시간이 그렇게 지났나…….

이렇게 글을 계속 쓰다 보면 처음에 이 캐릭터는 이러니까 이렇게 해야 한다는 사고방식이 바뀌어 간다는 걸 느낍니다.

메밀은 그런 부분의 선두주자이고, 처음에는 라팔과 같은 운명을 맞게 되는 캐릭터로 쓰기 시작했습니다.

하지만 제3권을 다 썼을 때, 아니, 잠깐. 그래도 되는 건가? 이런 생각이 들었습니다.

록시를 위해 천룡과 맞서고, 목숨을 걸면서까지 싸웠던 페이트. 그 이후로 그는 구할 생각이었던 록시에게 구원받음으로써 정신적으로 성장했을 겁니다.

그리고 록시에게 지금까지 있었던 일들을 편지에 적어 남겨둡니다. 잘못을 잔뜩 저지른 것에 대해 사죄하는 마음도 있었습니다.

지금 페이트라면 록시를 뒤쫓아서 왕도를 떠났을 때보다 다른 무언가를 할 수 있을 거라 생각했기 때문입니다.

라팔은 신에게 몸을 빼앗기고 폭주해버렸습니다. 그것을 막기 위해서는 쓰러뜨릴 수밖에 없었습니다. 하지만 메밀과는 어떻게 마주해 나갈 것인가?

앞으로 페이트와 메밀의 관계를 기대해주세요!

페이트 곁을 떠나버린 마인. 이 부분도 고민했습니다.

개인적으로는 마음에 드는 캐릭터인 그녀를 멀리 보내도 될지……, 정말 갈등했습니다.

하지만 그녀에게는 목적이 있고, 그것을 위해서라면 어떻게 해서든 페이트의 곁을 떠나야만 했습니다.

떠날 때, 마인이 처음으로 페이트에게 눈물을 보이는 장면을 쓰면서 작가로서 이제 가버리는 구나, 그런 생각이 들었습니다. 하지만 마인과 페이트의 관계는 이걸로 끝이 아니고 이번 이별을 기반으로 삼아 다시 쌓아나갈 수 있게끔 하려고 생각 중입니다.

고집쟁이인 마인이 조금씩 성격이 둥글어지기까지는 아직 멀었는지도 모르겠습니다. 하지만 저는 그 부분을 빠르게 쓸 수 있게끔 스토리를 진행하려 합니다. 벌써 대사는 정해두었으니 기대가 됩니다.

두 사람이 다시 만나서 항상 하던 이야기를 나누는 것을 기대하며 쓰려 합니다.

그리고 이 자리를 빌려 코미컬라이즈를 맡아주고 계신 타키노 다이스케 선생님께 감사의 말씀을 드립니다.

코믹도 연재가 시작된 지 1년 이상 지났고, 단행본은 2권까지 발매 중입니다.

멋진 페이트, 귀여운 록시를 그려주셔서 항상 완성 원고를 볼 때마다 감동합니다.

그것도 타키노 씨께서『폭식의 베르세르크』의 세계관을 잘 이끌어내주셨고, 그것을 읽으시는 독자 여러분께서 응원해주신 덕분이라 생각합니다. 감사합니다.

코믹 라이드에서 공개된 스토리는 서적 제1권 내용이 끝나고 서적 제2권으로 진행되었습니다.

드디어 코믹에서도 마음에 드는 캐릭터인 분노의 마인이 본격적으로 등장합니다. 원작자로서는 지금부터 이야기가 뜨거워진다고 생각합니다.

말이 없는 마인과 흑부 슬로스의 활약이 기대됩니다. 물론 페이트와 그리드도 기대하고 있습니다.

록시는 당분간 나설 차례가 없으니 가리아까지 기다려야겠죠.

제가 원작을 그렇게 써버린 게 원인이지만, 회상에라도 잠깐 나오면 좋겠네요……. 여기서 그런 부탁을 드려봅니다.

마지막으로 폭식의 베르세르크 제4권 서적화 작업에 조언을 해주신 담당 편집자분, 이번에도 약동감이 넘치는 일러스트를 그려주신 fame 씨, 힘써주신 관계자 여러분께 감사의 말씀 드립니다.
제5권도 조만간 발매될 예정입니다. 그때 다시 만나뵐 수 있기를 기대하겠습니다.

BOSHOKUNO BERSERK ~OREDAKE LEVELTOIUGAINENO TOPPASURU~ Vol.4
© 2019 by Ichika Isshiki / fame
First published in Japan in 2019 by Ichika Isshiki, Illustration by fame
Korean translation rights reserved by Somy Media, Inc.
Under the license from MICRO MAGAZINE, INC., Tokyo JAPAN

폭식의 베르세르크 4

2020년 4월 1일 1판 1쇄 발행
2020년 12월 15일 1판 2쇄 발행

저　　　　자	잇시키 이치카
일 러 스 트	ｆａｍｅ
옮 긴 이	천선필
발 행 인	유재옥
본 부 장	조병권
편집 1팀	정영길 김민지 조찬희
편집 2팀	김다솜
편집 3팀	오준영 곽혜민 김혜주
편집 4팀	성명신
미　　　　술	김보라 서정원
라이츠담당	김슬비 한주원
디 지 털	박상섭 이성호 최서윤
물　　　　류	허석용
발 행 처	㈜소미미디어
등　　　　록	제2015-000008호
제 작 처	코리아피앤피
주　　　　소	서울시 마포구 토정로222, 403호(신수동, 한국출판콘텐츠센터)
판　　　　매	㈜소미미디어
마 케 팅	한민지 이주희 우희선
전　　　　화	편집부 (070)4164-3962, 3963 기획실 (02)567-3388
	판매 및 마케팅 (070)4165-6688, Fax (02)322-7665

ISBN　979-11-6507-350-3 04830
　　　　979-11-6389-460-5 (세트)